Under the Mountain of Cocea Ritter

科恰里特山下

董夏青青 著

中信出版集团 · 北京

雪山倚空　冰壑照人

目录
CONTENTS

科恰里特山下

车刚开出连队，七十五就抽搐起来。军医给他戴上吸氧机，来回检查了一下气体的流动。命令我和李健给他捏手捏脚，和他大声说话。一刻钟后，七十五第一次停止呼吸。指导员叫黄民停车，军医给七十五做人工呼吸，掐他人中。七十五醒了过来。

车子继续跑。与其说跑，还不如说在跳。从三连通往山下的几十公里山路，顺河而去。路面常被山溪冲断，在每年秋季早早冻成了冰。山路地势高，路面时常急转直下又蜿蜒而上，穿过像快坍塌的峭壁。每一座山头都有大片骆驼刺。落上雪的茎秆看着又粗又密。没有全萎掉的苔草，沾着一点青绿色的薄冰。太阳把草叶上的霜晒得发白。

依维柯的过道放不下一个担架。右边驾驶座后面两排座位，左边一排座位。只能放在两排座位上担着担架。依维柯车韧性不行，很颠。指导员和军医跪在座椅上扶着担架。我用肩膀扛着担架靠不到座位上的一头，不让担架侧滑。一过五公里的地方，手机信号中断，想和山下联系，问120的车到没到柏油路口也没办法。

今早，李健带他们班做十一收假后的恢复训练。连队对面新修了一座与吉尔吉斯斯坦的会晤站，李健让他班上的人往会晤站跑，绕过门口的混凝土堆再跑回来。跑过去的时候，七十五第一个到。他们跑回程的时候，指导员问李健谁会第一个到？李健说，七十五。刚跑出三四十米，七十五扑倒在地。李健看到了，跳起来喊一个士官，让他去看看七十五，那个士官还以为在给他加油，拼命冲刺。李健冲了过去。

七十五说这两天晚上烧锅炉没睡好。李健送他回到班里，他拉开被子睡下了。到中午开饭时，七十五已经昏迷，身体发凉。

车还没到二道卡，七十五第二次停止呼吸。头一偏，手从担架边耷拉下去。

指导员再次叫黄民停车。军医趴上去给七十五连做三次人工呼吸。现在问题不只是蜿蜒狭窄、时有时无的土路，以及被冲断结成冰层的打滑路面。更要命的是与以烽火台为界的对面那个世界中断联系时，逐渐流失的信心。

做第五次人工呼吸时，军医拽了我一把。

等我喊一二三，第三下一起最大力朝他胸口按下去。军医说。

我和军医朝七十五胸口全力按下去，七十五身体向上弹起两三公分，再次恢复了极为微弱的呼吸。指导员贴到七十五脸上去听。

喘气了。指导员说。

李健低下头捶了自己脑袋两下，指导员扶他起来时，他干呕了一声。

没事吧？军医问他。

指导员给了军医一个眼色，示意他扶稳担架。

开车。指导员对黄民说。

我们继续在坑坑洼洼的路面上颠来颠去。依维柯像大地上新长出来的一口棺材。

两个多小时黄民才把车开过烽火台。一上柏油路，信号恢复，车也跑起来。团政委的电话进来，告诉指导员，他和救护车就等在哈拉布拉克乡那一排杨树跟前。团里的人都知道那排杨树。那十几棵树排得整齐过了头。

依维柯停在杨树底下。医护人员把七十五放到一张带轮子的担架上，抬上救护车开走了。指导员带李健上了政委的车跟着救护车。临走前，团政委叫我和军医去人武部，那边安排我们吃住一晚，明天再跟物资车返回连队。

我和军医站在路边。军医盯着涝坝里的杨树叶子，眼睛很久没有动一下。

他用火机点烟，打了两次火都灭了。他猛吸了口气，把烟扔了，用后脚跟把烟踩进了土里。又站住不动了。

我没有催他。我一点也不着急。大概还没有人跟七十五的母亲说这件事。

几年之前，我也有过军医这样的时候——对于本职工作，抱着一种很宏大的看法。那时候，全部生活，无论家庭、事业、个人情感，都在正常、积极的轨道上。女儿在我对人生最得心应手的时期出生。第一次见她，她晃着小小的脑袋。圆圆的、无毛的脸上没有微笑。而那一晚，她的脸警觉地，绷得紧紧的。我也记得她母亲投向我既讶异又悲哀的目光。少见的，没有描画过的眉毛，承担了她脸上绝大部分无措和虚弱的神情。

侯哥，去人武部吗现在？军医问。

都行。我说。

请你喝一口吧。军医说。

可以。我说。

你等我买个火。军医说完，转身往路边一个小商店走。我奇怪他怎么走得那么灵活，刚才看他，好像腿已经断掉了。

军医去的那家小商店旁边的小学，铁门忽然开了。五颜六色的小孩蜂拥而出。有一个穿紫色棉袄的小女孩，走得很慢，边看边舔自己手里的一个苹果，像是决意要把苹果全舔了才下口咬它。她的皮肤不白。那时候四连指导员说京京随我，皮肤黑，我给那狗怂骂了一顿。他说我有孩子了也给你开玩笑不就行了。去年他有了孩子，有段时间每天抱在怀里，听我们聊他孩子时严肃得要死。我们说，你捏着拳头干吗？说你孩子不好就要打人吗？

我是家里的独子。父母这一辈从湖南过来的知青，有不少在体制里终老。他们照自己的方式运作家庭，尽量跟随时代不掉队。前些年股市还可以的时候，我母亲也赶上了一点运气，给我成家打下了基础。他们的不安全感很强，怕积累的一点点财产忽然蒸发，怕院墙外面一夜之间乱掉。那时我找易敏谈恋爱，他们很高兴。易敏是长沙人，跟她小姨在阿克苏开干果店，还往长沙批发。战友羡慕我，说你多明智，早找好了退路。说这些话的人，因此比我更有上进心，挖空心思调职、搞副业，他们想攒更多的人脉和钱，认为有钱就能从任何乱局中抽身。

今年春天，易敏和我回父母家吃饭。席间说到如果我不离开部队，就先分居。易敏走后，母亲去刷碗。我和父亲坐在客厅沙发，父亲抽着烟。我去够茶几上的火，也想点一根。刚拿上，被父亲一脚踢掉了。

我喜欢易敏，她说话的声调，她穿每件衣服所表现出的，故意和本地女人十分不同的姿态。喜欢别的男人看见她在我身边时露出的眼神。但这两年她越来越焦虑。我的调职停滞不前。结婚时那个年纪持有的完美履历，已开始逐渐失去给她带来希望的价值感。我能感到她注意力的分散，无论白天夜晚，她的热情都更像前两年用剩下的。更重要的，她不想再带京京在阿克苏生活。京京该上小学了，应该去教育环境更好的地方念书，为初中去美国做准备，到时我们在美国再生一个。她姑妈在佛罗里达州。她希望我脱掉军装，先把出国的铺底资金赚出来。

目所能及，社会上掀起了创业和房产的热潮，大家除了谈钱还是谈钱。但除了在部队每天按要求做好分内事，我还有什么额外的才干和本领？也想象不到京京去美国以后会什么样子，还有在美国出生的孩子如何长大。作为父亲，我没有把握让孩子尊重和依赖。也不相信，自己能先于孩子喜欢那里。

去年元宵，我陪易敏从长沙去宁波看她姑妈。在高铁站安检口，易敏抱着京京，看着我被带到一旁，两位安保人员过来对我进行再一轮检查。我说明身份，找出证件给他们。他们接过证件，对比端详我的本地身份证。再将证件还给我，示意我可以离开。直到列车开动，易敏才开口说话。她说到了宁波想先带京京去医院体检，每天进出超市、银行、商场、饭店这些地方的安检门，辐射会怎样影响孩子的身体？我当然明白，她并非在说体检这件事本身。以前我们还能用不相互威胁的口气谈这件事的时候，我说过很多。讲这是整个世界都在面对的两难局面，一个欧洲和半个亚洲都被胁迫。尽管我也知道，只有不在这里生活的人才会这样谈论它的境况。易敏说，人活着为当下，而不是为了活进历史课本。

　　我父母支持易敏的想法。他们核算了房产折合人民币多少，去珠海看望了当地教会的朋友，商量搭伴养老的事宜。父亲参加过一位朋友的葬礼，在环南路教堂。在那之后，他每个周末都过去礼拜。我和他聊天，提及过去读书时他给我写信，那时他谈理想，讲信念，在我疲乏和焦躁时，给我心智的指引。而现在，就仿佛既已找到信徒，他便可以放下一些之前的担子。父亲讲，他去教会，和头脑中既有的信仰并不冲突。他被那场葬礼打动了。教友们从教堂陪同家人到360省道边的公墓。下葬时，每人上前撒一把土，献一枝花，之后填土立碑。没有哭闹和吃喝。他希望自己的老年和离世也能简洁、朴素和不动声色。他说，这和易敏追求不背思想包袱的生活一样，并非不体面的、可耻的。父亲说，希望你能代表我和你母亲回到湖南，或者去国外。

　　下午的阳光照耀黑色柏油路和学校新架起的高高的钢质拒马。一切都那么平淡无奇。不论是天山百货门前和成都街熙熙攘攘的人群，还是少见的高楼后面凋敝的小巷，都在力证自己毫无危险性。现在，这里大概是整个国家治安最为良好的地方，秩序和巨额援建资金都力图帮我们重建信心。房价看涨，基础设施不断完善，"一带一路"的利好消息不断传入。一部分本地人身处其间，逐渐产生倍受重视的自豪感。同时，时间紧迫，这一切都发生得很快。让另一部分人心怀焦虑，孤立无助。网络新闻和街头议论左右他们的心情。让他们一会儿从沮丧冲上乐观的巅峰，转瞬又跌回谷底。

我的为人，我的生活方式，多少年来，在这个地方具备了自己脆弱的形态。这种脆弱与无能和持有何种学历、办事能力无关。我有自己的老师、同事和朋友，有常去的集市和饭馆，怎么会不习以为常？与此同时，当我开车经过多浪河边的凤凰广场，穿进没有半点装饰的小路，路旁一排一九九五年建盖的楼房正在拆除。我知道，过去的生活也已被新的洪流全部冲走，不可能为我重现。

军医叫了一瓶伊力柔雅，就着一份大盘羊肚，我俩一杯一杯地喝。他手机搁在一边，边喝边刷微信。说李参写了首诗，配了巡逻路上一张雪景。

军医锁了屏幕，抬起头来。

他们说李参离婚，是因为那个不行了。他说。

怎么不行了？

太久没用，再用不好使了。他说。

放屁。

真的。

那么多人结婚之前从来没用过。我说。

家里新买的水龙头，刚用是挺好的，但用了一段时间不用，再用不就锈住了吗？他说。

我俩干了一杯。

李参明天也上山吗？他问。

不知道，晚上你问问，走的话接上他。我说。

好。军医说。

指导员说李参办好手续了。军医说。我"嗯"了一声。我们举杯又碰了一下。军医把杯子搁在桌上，盯着杯里的酒，动了动身子。

喝不动了？我问他。

他摇头，还是定定地看着杯子。能喝，他说。

喝急了。他说。缓缓。

他拿起筷子，夹起一块羊肚放进嘴里，很慢地咀嚼。等咽下去，他端起酒说，侯哥，敬你。我女朋友说，给你朋友打电话了，下礼拜过去实习。

好。我说。我俩碰杯。

你俩还好着呢？我问。

他喉咙里发出来一点"嗯"的声音，可能代表任何意思。

李参在山上十七年，辗转三个连队。工资在全团干部中仅次于政委。每年九月下山探家。结婚十来年，生了一个男孩，今年十一岁。年初，他妻子要求离婚。李参说，考虑到孩子还小，能不能再等两年，孩子考上大学再离。他妻子强调，必须今年。

李参办完手续从陕西老家回来那晚，我和宣保股长去阿克苏接他。回到房子，李参把他母亲做的馍和辣菜蒸上，点上烟，三根五根地抽。李参除了抽烟，没什么爱好。话少，牌也打得不好。婚后，他的工资保障卡放在妻子手上，妻子按月给他转五百块烟钱。这回离婚，李参没有把卡要回来。过了一个夏天，李参才向团里提出补办新的工资保障卡。

他以往探家，还会按照部队作息时间起床，收拾屋子做好早餐再叫醒妻儿。妻子要买车，他买车。坐上车，妻子让他滚下去，他就下车步行回家。他知道妻子已开始怀着嫌恶的心情回避他，但他还在吃力地考虑应该说什么、做什么，分散她的注意力。只差三年就上岸了，偏在这时一无所有。

看着军医，难免想到他费力争取的婚姻，会不会过十几年也是一场终日针对对方的讽刺挖苦。上山之前的周末晚上，参谋长给我打电话，说他在百味鱼庄安排了一桌饭，给我饯行。等人到齐了，桌前落座。参谋长开局，说这顿饭有三层意思：首先，团组干股的郭昕干事马上调广州军区，即将大展宏图，我们要庆祝；军区总医院骨科来阿克苏代职的苏主任，马上到县医院就任，对她表示欢迎；再有是侯副参谋长即将上山代职，离开战友们一段时间，为他饯行。

百味鱼庄是乌什县以前给县委书记做菜的厨师开的，招牌是一鱼多吃，一条鱼烤半条煮半条。我们团里的饭大多也有点这个意思，一饭多请。参谋长说要吃饭的时候，我就知道那顿饭不是专为我准备的。但没想到郭昕的调动真的办成了，他马上就不是九团的人，也不再是新疆人。对于他的去向，我既不感到忿恨，也不觉得嫉妒。调广州、调正营，这完全是他的风格。之所以有些不快，是因为他老四处说，再在这种地方待下去，就是对自己对家属的不负责任。同为入疆第二代的他挑明了对我们的看不上。他早已脱离现状，做好打算，吃饭时十分兴奋。我为他这样离开却无半点酸楚而感到心态陡然一变。开始反省到底自己的内心和头脑受到了怎样的桎梏，才使得无法再跨出一步？我们的家庭都是从那个起点开始的，但年纪更轻的他已遥遥走在了我的前面，马上可以心平气和地谈论自己的通达之道了。

那天晚上，参谋长在军总的苏主任面前十分活跃。郭昕大讲参谋长娶到了阿克苏最好看的汉族女人，妻子能歌善舞。参谋长则向苏主任聊起，说他当时靠一首《黑走马》的舞步赢得了当时还是地委副秘书长的老丈人的青睐。平时他去儿子的中学打篮球，必定引起轰动，他一个对五个。苏主任说她的爱人是搞网络技术的，不爱运动，搞得儿子现在对什么球也不感兴趣。参谋长说他不喜欢在房子里待着，每年要跑几十趟边防连队，各个点位的哪块石头动一下他都能看出来。每次回家，妻子会叨叨他，水龙头坏了啦、灯泡不亮了啦。他说这就很奇怪，在办公室里怎么从来没有这些事。他只好一样一样去修理，烦了就对妻子说，信用卡给你，你别糟蹋我了，糟蹋钱去吧。

参谋长家在市里农一师供销大楼后面的小区。团里家在阿克苏的干部，通常会想办法每个月下两趟阿克苏。但参谋长周末从不回家，白天待在办公室，晚上吃完饭还会回到办公室。团里没人见过他的妻子和小孩来过院子。在座的，除了苏主任都知道事实，他也知道我们知道。不过他说得逼真，有几秒钟，我们怀疑是不是自己没有恰好撞见这个家庭含情脉脉的时刻。或者只是意识不到，我们和参谋长一样，都需要一点这个。我们在桌前配合参谋长，无人面露嘲讽。他是那样的一种领导：你可以开他的玩笑，他也能叫你笑不出来。只有一个人，宣保股股长李西林，好像被感染得过分了。他突然站起来给苏主任夹菜，说，我爱人也在医院上班，她是急诊护士，儿童医院的。

参谋长听完愣住了。李西林离婚一年多了，团里没人不知道。李西林站起来，一手扶住椅背，一只手挥出去指向我。说，老侯，老侯今年差一点离了，有家有口的都敬他一个。

确实。我拿回了离婚申请，易敏带京京再次回到阿克苏，我们重新回到一家人的状态。然而只有我们知道这是如何实现的。桌边这些人，也像是为了表示同情，才从椅子上冒出来并坐在这里的。像李参，心里过不去的时候就去弄勺盐放手心里舔舔。真想这时手心里能有一撮盐。我还想跳起来摁倒李西林，给他揍哭。

军医叫老板娘把羊肚拿去热一下，他又跑去柜台拿来一瓶托木尔峰。

这个酒好，比喝小老窖舒服。军医说。

是。我点头。

下次整几瓶寄回家去。军医说。

你去他们酒厂买，找门口的大姐，说我叫你找她，她能给你便宜。我说。

可以单瓶买还是必须拿一箱？军医问。

只能一箱箱拿，一箱六瓶。我说。

那可以。军医说。

你和我嫂子怎么样了？他们说你把报告又拿回去了。军医说。

对，拿回来了。我说。

不离了？他又问。

我点着头干了一杯。

去看看七十五吧。我把酒杯倒扣在桌上，站起身来。

军医抬起头看我。我不去了。他说。

喝多了？我问他。

不是，怕见了难受。军医说。

要不一起过去，我在外头等你。他又说。

我俩拿起外套。

病床前，李健在给七十五揉腿。

看见我，李健起身让座。

侯参，坐。李健说。

你吃饭了吗？我问他。

他们给我买饭去了，政委刚走，你们碰见了吗？李健说。

没有，我爬楼上来的。我说。

七十五戴着吸氧机，只有口鼻罩住了。我却觉得他整个人都塞在一个大泡沫里。他眨着眼睛看我。

他好多了。李健说。

七十五也尽力点了下头。

别动。我说。

七十五向我眨了两下眼睛。

一位年轻的护士推着护理车走进来。她握住七十五的手，跟他说话。

听得到我说话吗？听到就眨眨眼睛。她说。

七十五眨了眨眼睛。

好着呢，好孩子。护士用不流利的汉语说。动手从护理车上准备输液的工具。

你今年多大？就叫他孩子？李健把左腿搭在右腿上，兴致很高地看着她。

你管我多大干吗？护士说。

李健朝她笑了笑。

那你先说他为啥叫七十五。护士又说。

他爸七十五岁有的他。李健说。

我才不信！护士叫起来。

七十五的脑袋偏过来看着护士。伸出大拇指，晃了两下。

他老子可能耐了，他妈还不到五十岁呢。李健说。

护士笑起来。李健凑上去问她几点下班，她说得等到明天早晨。

护士推着护理车出去时，指导员和黄民拎着餐盒走进来。

军医在楼下抽烟。指导员说。我们让他上来，他不来。

你们晚上睡哪？我问。

黄民指了指门口。

外面有椅子。他说。

要是七十五一直躺着不刮胡子，会不会长到脖子下边？黄民在李健对面坐下，摸起自己的下巴。

你刮过屌毛吗？它长过膝盖了吗？李健说着放下餐盒，去找水喝了。

今年夏天，给在长沙的易敏打电话，说我同意和她离婚。挂上电话，我进小龙坎点了个小火锅，叫了两瓶常温的乌苏。端着洗洁精喷壶，在一旁收拾桌子的是个岁数不大不小的女人。我忽然觉得她很美。她的姿态，她身体里尚存不多的青春气息，都让我想到易敏。易敏这些年，给了她能给我的最好的一切。可当她提出要另一种生活，我拿不出任何可改变现状的行动。说话也没用。如果我说"抱一下"就能抱得到吗？说句"都会好的"就会好吗？我从没在愚昧、平庸和愚蠢的事上消磨自己的生命。理想也从没半点虚假。到这时，却貌似只有那不变的、时常舔盐的生活，才是最看得见、摸得着的部分。

春朝雪舞沁人心，半谷遥闻百雉鸣。苦守寒山还几岁，陪君度日了余情。

再过个几年，就叫上写这首诗的人去哈拉布拉克乡那排整齐过了头的杨树后边买几亩地，盖个土房子。自己打粮食，自己酿酒喝。砌堵院墙，养上退役的军犬军马。

养犬，我就要四连的格蕾特。格蕾特一岁半时从北京昌平军犬基地到了四连。不到半年，连队的人都看出来格蕾特抑郁了。她还想着回北京，拒不接纳山风的气味和响声。从不和其他军犬废话，只跟一条牧民家的细狗来往。有时在连队一整天形影不离。但细狗太瘦小了，一来就被连队正在放风的军犬欺负。之前我和参谋长在山上，听说细狗的屁股被咬掉一半。参谋长把细狗抱到哨楼上的暖气旁边，啰唆他怎么看着细狗长大的。格蕾特伏在一侧盯着细狗，她前一晚咬死了一只跑哨楼上来蹭食吃的狐狸。格蕾特肯定愿意老了来和我住。她一下就能嗅出我、她还有细狗共有的气息。

那晚我想尽快上山一趟找格蕾特，听听她的吠叫。但过后我被团里留下来督建新的招待所。检查组来一拨走一拨，我用剩下的半截屁股扛过了每一次查账和问话。

一天下午，易敏打电话来，让我马上订机票赶回去。她在电话那边说了几句开始哭，话语不清。是京京的事。两天后我从阿克苏飞到乌鲁木齐，转机再飞长沙，凌晨抵家。

易敏说，中午京京的幼儿园园长打电话给她，让她马上过去。京京在幼儿园把一个女孩推进厕所的蹲便器，摁下了水阀。老师说，京京反感任何人对她的碰触和抚摸，这个女孩之前摸了京京的头发。还有不止一个同学，因为做游戏时抱住京京或拉她的手，被京京推倒。易敏说，老师认为京京目前的表现是感觉统合失调，在儿童医院给出诊疗意见之前这段时间，京京不适合回幼儿园上课。

易敏抱着京京从屋里出来。京京躲在男孩气的短发里的脸，警觉地，绷得紧紧的。易敏投向我既讶异又悲哀的目光。少见的，没有描画过的眉毛，承担了她脸上绝大部分无措和虚弱的神情。

我伸出手从易敏怀里接过京京。她扭过脸问我，爸爸，你捉了几只老鼠？

我们带京京到儿童医院，在门诊楼下转了一圈，没有进去挂号便离开了。我们不愿京京在五岁的年纪，就在不打针吃药的问话中意识到自己可能是一个特殊病人，从此满心恐惧。我们需要时间找出京京这些表现背后的原因，并已经依据新闻和个人经验开始艰难地猜测。但先默认的，最希望如其所是的，是我和易敏对各自的强调，环境的辗转，让京京难以辨认那些抚触动作背后的善意。我们无法再漠然相对，无法假装能再展开各自新的生活。孤立无援，唯有彼此。

我们带京京回到阿克苏，决心先牢牢相伴。周日，易敏带着京京随我父亲去教堂礼拜。很快京京受洗，有了一位在电力公司上班的教父。在我即将上山代职之前，易敏搬来团部家属院。在科恰里特山上的每一晚，我们仨都在视频中见面。我在连队荣誉室里将笑声一再压低，同时也知道等李参回到山上，无论身处连队哪个位置，都能听见来自另一个家庭运转时亲密的声音。

此时，我和军医躺在人武部的招待室。军医在旁鼾声正响。我想叫醒军医，告诉他。我和我的妻子，就是在准备分道扬镳之前，才真正认出了彼此往后的模样。但我一个字也不能提，不管我说什么，都像把失而复得的一部分又交了出去。

我会跟军医讲，等明天接上李参，可以问问他晚上怎么入睡的。军医也许会马上反问，李参怎么睡觉的？两年前，连队进科恰里特山巡逻。大雪阻路，进点位必须骑行。排长带一行六人过冰河时，冰面破裂，排长的马打滑侧摔，排长跌进冰窟，顺水而下。随行的人下马去追。透过冰层他们看见排长仰起的脸，却无法抓住他。排长手机信号不好，以前老让李参上"为你读诗"的公众号下载朗读音频。俩人边听边抽烟。自从他出事，李参每晚都会戴上迷彩作训帽睡觉。李参说排长没成家，也许就没回南京的老家，还在这里逛荡。

他不希望排长在夜晚的梦里叫醒他，这不文明。

　　如果不是他，掉下去的会不会是自己？如果掉下冰窟的是自己，有谁会追出去那样的一段距离？科恰里特山下的人都想过这个。对我来说，这些已称不上是值得多想的事。

高原风物记

一情难求，黄金也不给人逍遥

今年五月中旬，北京一个工作组飞来乌鲁木齐，计划六月初到和田报道。他们和我所在的上级部门沟通过后，决定先飞喀什，到塔什库尔干县看看帕米尔高原。领导安排我保障他们，联系宾馆、酒楼、景点，协调车辆。

我对上哪儿出差没意见，只是这些地方走过太多次，不等车子拐弯，我就知道身体该往哪边倒。窗外一切景象都稔熟：山间巨石丑陋，在半空搭建杳无人迹的错乱阶梯。雪山像歪倒死去的短趾百灵。太阳、月亮的脸孔始终极端简朴，又罕见地讲究。每逢从喀什坐车进入狭长山缝，我难免想到自己也被领导当车子一般地抛入巨大的坡道之中，在多孔、龟裂的粗骨质土壤上跌宕前行。

维吉扎尼二十岁，家住提孜那甫乡，父母在塔县经营一家旅店。我的客人一向安排到她这，那些背着和人一样高的大包的欧洲客人也喜欢住她那里，生意红火。她爱极了一个叫海俩尼的塔吉克族男人。

她时常说，"你爱一个人嘛，爱他就好了，他爱不爱自己嘛，不要有欲望。"

我回答她："维尼，不是我爱他，你不用劝我。"

"我知道……"

"劝劝你自己。"

"我知道。"

新闻中的利比亚，在战乱里炮火横飞、残垣断壁，她看了会儿，之后双眼上抬，双手轻捂胸口，晃动脑袋："胡大咿……"那神态，就像海俩尼几天不找她，没有信息，没有电话。

我和她说，汉族人管这种事叫"情债"，维吉扎尼为什么会平白无故地爱上海俩尼呢？因为你们俩上辈子就认识，而且你对他很不好，于是这辈子轮到你还他的账，还清了，也就不想了。维吉扎尼点点头，毕竟是她先在前世亏欠了他，她的自尊心可以接受。

维吉扎尼的样貌在柯尔克孜族的女人中并非拔尖，可也自有风韵——脸庞既有异域出挑的五官，又稍带汉族女人的清秀。常有汉族游客说好像在哪见过她。她似笑非笑地睁大双眼，鼻音很重的假声说："是——吗？"

追求维吉扎尼的人不少，其中一个男孩在乌鲁木齐当武警，上年年底因为在中央台的"超级战士"拿了第一名，提了干，是她柯尔克孜老乡。相比之下，海俩尼从未流露喜欢她的意思，无论她给他绣手帕，还是打了青稞馕饼送去，他都客气地接下，再不言语。后来他连她的旅馆也不住了，换到另一家"小南国"。

"为啥？为啥呢？为啥？！"她重复着。假睫毛垂吊在涌出的泪水里。

我照一般汉族女人间常说到的那些话劝慰她："维尼，他有钱吗？""他有房子吗？喀什东湖的房子已经涨到五千一平米了。"

"他是瑰宝！"维吉扎尼散着头发跪在床上，吃力地说，"阿夏，我心里，这里，以后一辈子有他的位置。"

我很惊讶，"你要放弃了？"

她皱起眉头看着我。左手叉腰，右手指头在我脑门上愉快弹敲两下，说："我还欠他的呢。"

海 俩 尼

海俩尼，一张瘦长脸、骆驼眼，宽肩、窄胯、细腰、长腿。和他交谈几句过后，将立即被此人深沉的咬字和语调打动，放下要揍他的念头。因为维吉扎尼时常絮叨，加之和矿上的经理、队长吃过几次饭，我和海俩尼逐渐话多起来。再后来，他听人说我是从乌鲁木齐来的所谓"汉族干部"，请我吃了顿饭，在桌下交了朋友。敬酒时，他撒娇似的挖苦我"官小"。

海俩尼家有五个孩子，跟随在喀什昆仑食品厂工作的父亲，童年在疏勒县克孜勒河及排孜阿瓦河之间的阿尔勒克村度过。忍受瓜脯、杏脯、昆仑特曲、水果罐头之类产品广告牌的刺眼反光；朝南疆最大的酿酒车间丢石头。父亲亡故后，全家人跟随母亲回到塔县娘家。

大姐毕业后分进喀什棉纺织厂，在车间负责一台染色梳呢机，下岗后和二姐在塔县慕士塔格路边开了家旅游纪念品商店。三姐在县寄宿小学教语文，前段时间带着学生去深圳对口学校参观学习。自登上飞机，一直吐到七天后回到家躺下，医院诊断为醉氧。因为身体抱恙，她全程只负责看好一个叫艾尔旺的维族孩子，这孩子现在喀什十二小上学。艾尔旺上个月从学校门口买了一公斤葡萄，撕成一串一串放进墙外天然气管道的裂缝里，等反应期一过，着火的葡萄炸得漫天纷飞。他爸爸当年在哈尔滨做生意，找了个汉族护士生下他。三次离婚、两度复婚，三姐问他："你爸妈关系不好吗？"他斜她一眼，说："蚂蚁和拖拉机能过到一起去的吗？"

海俩尼家里最小的弟弟在某天夜里，醉醺醺地站在屋前猛敲门，母亲当作是又来赊酒的巴郎子，狂怒地提起棍子开门。门猛地打开。弟弟撞进屋子，脑袋冲前磕到墙上，造成一根血管拥堵。之后每次血液循环流经那里都留下淤积。每当血液积压一段时间，他便昏厥倒地。

凑钱动手术前的两年间，弟弟通过杂志上的"空中交友"栏目和人交朋友，家里给他的零花钱都买成181电话卡与人聊天。邮政所里一个月有他七八十封信，邮戳不乏香港、台湾、广东……他一度被官方锁定为目标间谍。

现在弟弟成天拿着刷子，在废弃房屋、混凝土水塔、道班、变电站、铁皮商店的靠马路一侧土墙上，涂写"闽西彩钢"和电话号码。鲜艳的大红漆料盖住"鑫兴达""王鹏""富达华"等其他几家瘦小字体。

参照政府宣传，他自创几句标语——"会思考的彩钢，儿女一生的福利""闽西企业显关怀，好钢比驴还实在"。他同时替地磅公司打广告，一把刷子在红、绿两个漆桶里来回搅。剩余时间里，他自学电脑，做广告牌设计——通常以慕士塔格峰和公格尔九别峰为远处背景，近前是卡拉库勒的蓝绿湖水和一排颜色失真的翠绿云杉。最前方的位置，如果是饭馆招牌，就贴上红冠大公鸡、雪白小山羊等禽类照片，如果是五金店，就把动物们抠出来，换上闪光的涡轮、电动机、电钻。塔县某一条老街的招牌，远看过去像一条被斩断的床单。

海俩尼十七岁时，由父亲挚友介绍，跟随喀什第二运输公司的一个师傅学开车。师傅身高九十四公分，坐在特制的坐垫上开半挂车。师父跑了几十年车，在兰州附近被人跳上车拿刀卸下五百块钱一包的棉纱四十多袋；在江西被一村人截住，老人、小孩爬上他的货车搬走一千多个椰子；迷信绝不能在湖南岳阳的路边小店停车吃饭，有人会端给你一盆开水，上面漂着一截大葱段，并要你为这份名叫"猛龙过江"的小菜掏三百块钱；师傅用一台画王彩电从甘肃陇西某道沟里换回来的老婆生不出孩子。

海俩尼刚跟师傅跑了半年车，师傅便跑去南阳做玉石生意，海俩尼则进了木吉一家金矿开翻斗车。

解开羁绳才知道将军本是条猛虎

木吉一带的大小金矿不下十家，海俩尼的老板不算其中大户。二〇一〇年修路以前，在布伦口到木吉乡那段路上开车好像马拉不住缰绳。弯道比人心还急，打喇叭的时间都没有，只得死死抠住方向盘，面朝烈日强睁着眼。上车前脸色是馕的正面，跳下车就成馕的背面。木吉乡离矿还有八十多公里，大搓板路进去一趟得给车紧一遍螺丝。

矿上常住的一共四个人，分住两顶帐篷。挖渠、做饭的一九八五年的小子是个青海回回。整晚翻看玄幻小说。在宁夏银川艺术剧院学过芭蕾、做过电焊和私人制药厂自动化生产线上的机器监管员。他过去立志做养蝎大王，常去干燥有石头的地方，多是汉族人的坟头上抓蝎子。紫光灯一照，蝎子发绿，上前用医院的手术镊子夹起扔进装泡泡糖的塑料圆罐里。一回他抓住只一公斤半的蝎子卖了，之后再也不爬坟头抓蝎子，跟着朋友来到塔县。挖渠的活不好干，早上冻脚、中午光膀子，午饭过后下冰雹，偶有狂风席卷狂躁大地。有回他傍晚干完活后摔了一跤头朝下栽，好在扶着风又挣扎着站起来了。

养蝎子的虽屡被漏油的汽油炉燎得满胳膊烂泡，做饭技术却从未见长，面条常被他在高压锅里压成糊、青菜炒出来像烂布条子。老板宽慰大家，说从嘴里省出来的都归入大家的酬劳。不像那些鬼精的南方人，你吃他一根羊腿，他抠走你半匹马的钱。有天夜里，海俩尼在床上坐起，看养蝎子的蒙头跪在被子里起伏呻吟，说明天给他带个小姐进来。对方在被子里喘着粗气直摇头。"哎，算我请你嚛!"海俩尼扔了一卷卫生纸到他床头。

海俩尼披上衣服踱步到河边。繁星细碎闪烁如泼泻的沙金，偶有流星砸下，在远处升起红如鲫鱼卵的圆弧光圈。对暴富的渴望使他像在海水里散出腥味，引得各种混乱思绪竞相猎食。他想要的一切，难道不该从这由他祖辈世代跪祈的土地里掘出吗？但他现在仍然啥都没有。真主从口里召来了一群人，他们比黑唇鼠兔更会穿山打洞，比白条沙蜥蜴更深谙于流沙中的立身之术，比族人们更会调教足下沙土。好几次老板包里兜着碎金下喀什，他在车里都不敢抬眼，唯恐露出满脸的贪馋相。

当他在矿上像摆弄玩具似的驾驶翻斗车、老板用推心置腹的口吻和其谈天，和本民族的同龄人相比，他的心已经膀大腰圆。一天夜里，七八只狼把他们围了，他举起烧着的大衣吼叫着赶散狼群。打死一条野驴，扒下皮拿去木吉乡换回两克沙金。矿上宰羊献给土地公公，老板的表舅晚上端进屋一锅盐水煮肉，他上前拿起一块。表舅哄他："那是大肉！"他把嘴塞得满满的，差点合不上，说："高原上不都是清真的吗？"劝表舅别跟县上一个卖祖母绿的塔吉克女人做生意时说："她找的老公是河南的汉族，她说十句话只要信八句，因为她已经是河南人了。"

以前他开口说话，表舅会哼笑："少吹两句！"现在却慢悠悠地说："你这个儿子娃娃学到汉族人的精髓啦！"

他笑嘻嘻反问，"哎，你咋骂人嚏？"

表舅是老板家的长辈，负责开关大水泵龙头、监看雪水冲刷沟槽、和老板一起从水银里提金子。他从前在乌鲁木齐的面粉厂旁边当炮兵，住过"延安宾馆"。修"红卫兵水库"的时候差点被疟疾害死，高烧迷糊中听见身边有人说："他不是咱们那里的，咱管不着。"因而从此笃信人非同乡皆是敌。他每天在娃哈哈营养快线瓶盖里装满大小药片倒进嘴里，牙齿常年呈绿色。每逢佛诞、初一十五就朝慕士塔格峰磕头。来木吉后心肌缺血，头疼如被订书机接连摁钉。

表舅下山时会把胶东农哈哈机械有限公司的卷帘机、深松机、齿轮和花键轴宣传给乡里。海俩尼半夜睡不着拿起他们公司的宣传册乱翻着看，读到为深松整地联合机而写的"适合于干旱、半干旱地区的耕作，对于耕层瘠薄不宜深翻的土垄、白浆土、黄土等，深松作业已成为改良土壤的主要措施"时几近泪崩。也许真如表舅第一天来时说的，"这是仙境，不是人待的地方。"

在矿上，表舅像老板脚底下的影子，老板带着金块下山时，再难见他人。表舅时不时现身人前，在相关地方积极跑动，争取有利政策。在老板操持的诸多饭局上，表舅借不多的发言，既显出长辈的做派，又兼有打工者的谦卑。谄媚话说得不低贱，奉承话讲得不虚伪。将内心打算藏得既让人看见，又不讨人厌，往往事情办成，交情也处下了。

像表舅这样的人，尽管禀性柔善，其意图和内心想法却像外星飞碟，知道的人多，见过的人少。他们带足了聪明来到这里一展身手，面对机会就显出威慑。

不过，表舅也会做出让人可怜的事情——开车出去买羊、接女人，把老乡一台皮卡213的排气管都给颠掉了，旁边矿上的福建老板看见那背部袒露的寂寞女人（有个汉族青年告诉海俩尼"寂寞男人打dota，寂寞女人穿丝袜"），压低声音问海俩尼："谁把小姐带进来了？！"晚上表舅帮那女的洗内衣内裤，眼泪往盆里吧嗒，问他咋了，他光说："好得很，好得很。"女人走后，海俩尼和表舅头上顶着报纸、戴口罩进屋，一扫帚一撮箕。卫生纸装了整整一只蛇皮袋。

海俩尼每日两次跪在克尔喀什河边礼拜，有天表舅也倒背着手走过来了。他先将正在叩头的海俩尼细细端详一番，之后面向流水，脆琅地念道——

车头老爷沉又沉，开车的司机是有福的人。

车头老爷您为尊，里里外外您操心。

方向盘老爷您为先，东西南北您照管，

车轮老爷您为灵……

表舅越念声音越大，海俩尼爬起来朝他吐唾沫。他一本正经地抹了把脸，嘿嘿笑道："小海，我这是专为你说的哩，佛菩萨保佑你车开得又稳又好，日后发大财！"

金矿老板是安徽宿州人，每年带着新茶进矿。有回煮了泡从一个台湾人手里拿的白毫乌龙，东方美人，海俩尼以为十个女人钻进来坐下了。他结实得像钉过掌的马蹄，小鼻子小眼小酒窝好像烙饼子撒上了几粒芝麻。手握金子时脸红得像肉铺里现宰的生肉。说话语速诚如塔县宣传牌上写的"深圳效率，再现高原"。常在车里给海俩尼讲自己的过去给他提神——

"我们有回赚到钱啦！一起去深圳逛逛。正在路上走着，一个老头叫我们，说：'哎！小伙子！你过来。'递给我两把扫帚，伸手画了个圈说，'把这块地扫干净就行了。'我们心想，那扫就扫吧。扫完了那老头给我们一人一百块钱，说'行了，忙你们的事吧'。我一直没想明白他为啥？我们跟城里人穿的一样嘛……后来我去北京，外甥领我去中关村买电脑，我们的车堵在岔路口上。路边有那个发传单的，我就观察，他们专门发给哪种人呢——那一看就是刚从农村刚进城的人。我就想，哦？真是能看出来！"

老婆因宫颈癌过世之前，他站在她病床前吼叫如被错吹裁判哨："女人长那地方就是生孩子的！成天空着尽是闲工夫，它不长瘤子长什么？！"他曾是爱她的，那时她父母反对他俩恋爱，说他是"供电局长儿子腚沟子里夹的一条尾巴"。他找人夜里开出来一辆推土机，铲倒了她家的南屋。之后把她父母、哥嫂接到家里，她嫁给了他。谁知道她后来跟着人家学佛，那些女人是为给男人求升官发财。她可好，真真地筷子不沾肉、身子不沾床。

十一岁的女儿被他送进北京一家艺术学院练舞。学院放假，他开车到大门口接她，等了一个多小时没见出来就跑进去找。女儿趴在宿舍床上呜呜哭，见到他，咳咳呛呛地说："她们，她们说，方子君你爸爸开了一辆桑塔纳来接你……"他抱起女儿摇晃两下，说："狗屁桑塔纳，爸爸开的大众辉腾，两百多万啰。"女儿撇了撇嘴。

某次他又去学院送女儿，出门时看见一个女孩正在他落着一层黄土的车上划拉小鸟图案，他走过去，她举着脏手指头冲他笑。王太阳后来搂着他脖子，说她那天画的不是鸟，是一只鸡在打哈欠。再后来，王太阳在音乐学院作曲系的男友被人在饭馆抢起火锅浇了下身，她半夜两点钟从宿舍的三楼窗户翻出去，高跟鞋踩在管道上受力不稳，跌下落地时摔伤了脊柱，无法再上舞台。

审 时 度 势

对王太阳、拐弯处一辆去年被乱石砸得扁如方便面袋的六缸猎豹车，老板黑黝黝的左侧面肌抽动一下说："这个世界上什么都有价钱，唯独人没有。为啥？因为这个成本是老天爷出的，命是白给你的，这么大的便宜我们占了啊，还不好好的？为啥？"

但每当海俩尼在盖孜道班那截路上跑，看见扭拐肠道沿途被刷上红白双色漆的巨大山滚石，以及每隔几米出现的

"高险路段，谨慎驾驶""急弯陡坡，减速慢行""泥石流塌方路段，观察通过""前方水毁路段，小心通行"警示牌，就忧郁而清晰地想到，老板的另一句话更叫他喜欢："好人不一定长寿，但坏人一定活不到两百岁。"

海俩尼有回赞叹地说起这两年当地变化大，老板哼笑一声，不齿之情深可见骨。"过年我去了小岗村，人家一个村长的政治资本比你随便一个新疆市长的不多吗？全中国人民的大雁塔、万里长城，人家在院子里照原样缩小盖了一遍。新疆和口里比吗？再有十年也赶不上！"

老板曾从"审时度势"说到这年景里想把墙碰倒的苍蝇、想把被撑翻的跳蚤太多。他当即说从小就懂不愿加鞍的马，不得吃燕麦的道理。老板更正他说："你我的区别，不能说我是人，你是马。是同样脚下这块地皮，我们汉族人叫它'一号监狱'，你们民族同志叫它'盛开青兰花的地方'。其他没区别。现在全国各地拿钱出来往新疆扔，咱们在这干啥？不要等砸疼了才知道弯腰去捡，主动一点。"

海俩尼中意老板贴在床头那张"我是穷人的后代，但我要做富人的祖先"的字条，敬佩其看待金钱的谨慎和大度。蝎子专业户有回把掉到地上的馒头用脚拨去一边，小腿立刻被老板踢掉一层皮，同时骂他道："你一个馒头掉地上当啷一脚踢没了，全国人民十三亿八，每天一人一餐扔一个馒头，多少个？装一百节火车皮！中国人民一天的尿就是一个西湖！你他妈的——"他有回和表舅因为一千块钱起争执，老板过来搂着他们，说："一千块钱的事儿嘛！你们告诉我，一千块钱能干啥？买几兜子面、几包洗衣粉……没有了嘛！"

如果想日子好过，就该像宗教游毛虫一样地跟着老板这样的人——挣起钱来简直是闪电炒豆子。和老板说话时，俩人的心性活像打方向时的方向机和齿轮牙咬牙。

他摸索到，给刹车总泵加的刹车油必须是一种，而人的脑子则不然。

少年人如西伯利亚之铁路

维吉扎尼去过一趟木吉。她害怕路上饿，临走前要了一盘拌面加面。车子刚走到布伦口的沙湖边她就下车呕吐。风刮着，头发缠在脸上，她扶着引擎盖弯腰站立。重型车疾驰碾过，破碎的路面升起灰黄色的尘雾。

下午到木吉乡，她在希望餐厅里等他。

北京时间下午六点，海俩尼出现在餐厅门口。他走到她对面，面无表情地将她从头到脚看了一番后坐下。要了份干煸炒面。吃面时低着头不说话。维吉扎尼的身子，憔悴地弯下来。大而绵软的眼睛，温柔地打量他。

"那个里面……饭不好吃吗？"她说。

"牲口吃的。"

"我没有叫回去的车……我住一晚上，明天早晨回去？"

"等我吃完，把你送到布伦口。"海俩尼说。

维吉扎尼像被拉面甩到铝皮案板上的响声吓了一跳，不可思议地看着他。她腿上的挎包里，放着给他买的一件套头卫衣，自己的干净床单和枕套。她曾听他讲，有同事把爱人带进矿里住了几天。她希望他留下她，把她介绍给身边人。但现在看来，他一点这方面的意思也没有。

她掏出衣服给他，头昏眼花地支支吾吾说道："生日快乐。"

"谢谢。"海俩尼欠了欠头，被她衔着眼泪的语调搞得困惑而烦躁。

车里，维吉扎尼脊背挺直地坐着。他把音乐声开得很大，随便地抽着烟。窗外的云幕缓缓落下，毫无重量地挂在群山上。再次路过布伦口，海俩尼说："这里很快就变成湖了，快找个男朋友带你来划船。"

"啊？沙湖呢？没有了吗？"维吉扎尼挣扎着问道，声音像在暖气房里睡了一夜刚醒。

"没了。"

重型车摇天晃地的行路声、车底沙砾嘶哑足劲的噼啪声震耳欲聋，维吉扎尼在废气、尘土、烤热的塑胶味道中泪水弥蒙。

车子停稳，维吉扎尼爬下了车。海俩尼本不打算下车，但皱眉思忖片刻，立即打开车门钻出去。他拉住她，感觉自己的双臂慢慢强壮了起来。她伏在他的胸前，鼻尖紧贴蓝幽幽的衬衣。

"别再来了，不安全。"

她听见他怒意克制的声音。苦咸的泪流进湿漉漉的衣领。

直到后来我在与海俩尼一次吃饭时，听他说："塔吉克的女人啊，她们戴着自己做的花帽，不穿大街上流行的衣服，多么美啊。不把自己民族丢掉的女人，才是最漂亮的女人。"

那时我才知道维吉扎尼没有希望得到他的爱了。

送下维吉扎尼，海俩尼在返回时路过"广西水利电业集团欢迎您来到布伦口—公格尔水电站"的擎天招牌，瞥见葛洲坝新疆工程局树起的"安全优质大干快上"八块蓝色字牌随地势排列，明亮艳丽的陕汽和东风"二拖三""二拖四"轰隆碾烂平滑路面，石料厂一带好像谁在十年没人进去过的小屋里挥舞扫帚。

当他在道班"听党指挥，服务人民，英勇善战"的金字底下休息抽烟时，确曾有过片刻迷茫，又仿佛是因飞得过快转身看不到同伴而心生失落。

这片土地究竟如何从几千年前起，成为中亚腹地一个永不关门歇业的人种交流中心了？塔吉克虽号称"太阳之子"，但太阳也等同视之地晒暖了其他民族的脊背。最叫他头皮发麻的，是挤在雄鸡版图每片暖烘烘的羽毛底下的口里人。矿里那块粗砺荒地上的人除他之外，咳嗽一声也有平仄。

三姐自从深圳回来，天天和那边一个女老师通电话，最近又商量把各自孩子交换着养段时间，那女老师还动员他也去深圳干活。如此看来该说他们好？他也不想，口里的家伙们狡猾至极，又勤勇得使人惊愕。这些长途迁徙而来的人，从不惧怕被耀眼冰川切断的锯齿状山梁、陡深的山谷和暗红色的空旷荒原，将每一条奔淌的河流看作纸币上反光的水银线。且不说密如蚁穴的四川餐馆，光是山峦夹缝里的家庭小卖部，就简直像阁楼深处从不摘牌谢客的铁娘子，叫人胆寒了。

这些人像穿衣镜。全世界任何民族的人和他们对视，都只能看见形似自己的人，跟着自己的一举一动摆弄动作，在镜前越看越疑窦丛生。他学你，但他不是你，你学他，可永远也成不了他。

他熄掉烟，再次点火发动车子，摇晃步上坑洼道路。雪山像冰柜里被挤坏了的伊利火炬筒。近处的丘陵状貌如一锅被倒掉的煳粥。从羌塘高原翻山至此的苔草卖力生长。毛发斑驳的骆驼趴在戈壁滩上像大地的褐斑。他鼻腔酸胀，太阳穴要被突突跳的血管钻穿。

他看见了从北冰洋及太平洋过来的湿润空气在山顶凝成雾霭，看见卡拉秋库尔苏河冰封的淡绿色边缘。车子轧上被暗河泡软的路基，他在下陷的车里悲痛地呜咽。就在塔合曼乡的大棚都用上卷帘机之际。

亚克西的东西

一个冬日，老板带朋友上县城收皮子，在紫京城酒楼摆了桌酒。海俩尼非坚持上山接娆娜格下来一起坐会儿。娆娜格是二姐店里招的导购，十九岁了还穿着自己妈妈做的衣裳。海俩尼一逗她，她就结巴。

山上的雪又厚又硬，装载机的铲斗都放不下去。他的车在路上爬，村庄在视线里像倒退般摇晃着下滑。风卷着滔泄雪片横扫荒地。几线微光从一角青天斜投下来，照见散乱的灰黑云块在中天驰奔，似要竞相逐出天幕。太阳这大千世界的初恋，敛起发灰的小小翅翼，倒悬天际。他在路上做的标记埋得只剩一半，却硬凭从一百块钱的吃饭发票上刮出一万元的运气，带着心爱女人于午夜时分坐上饭桌。大家东拉西扯，聊到前段时间一对哈萨克小青年私奔的事。老板把醉得黏黏乎乎的脸转向娆娜格："丫头，你知道不知道，小三是什么？"

娆娜格惊奇而胆怯地回答："是人的名字吗？"

老板脖子一仰，狂笑道："小三就是第三者啊，你不知道第三者吗？"

娆娜格大难临头似的瞪大眼睛拼命摇头："第三者吗？不可以！会被揪头发！"

"穆哈拜特地盖尼曼？衣西给亚希楞巴哈玲。"老板说，"这个诗……你们的诗……"

夜晚，海俩尼带娆娜格住进维吉扎尼的旅店。维吉扎尼冷冰冰地接过他们俩的证件。登记证件号码时，满脸涨红，鼻腔堵塞，自来水笔两次划破单据。撕掉重来。

维吉扎尼为他们安排了走廊尽头的房间。屋内厕所门把脱落，写着"欢迎光临"的红色脚毯上有只被踩瘪的蟑螂残壳。他们亲吻时倚靠的右边墙上装着一只三灯组的浴霸，其中一只灯泡碎裂，像自动取款机门前被他捣烂的摄像头。头顶上抽风机壳残缺半边、电路失灵。

海俩尼打开淋浴龙头，连接喷头的整条塑料软管从墙上跳下，扑哧乱窜。地板像刚放完水的游泳池底。过去在喀什一座叫"普罗旺斯西岸"的小区当保安，一个物业工人的儿子溺死在泳池，还是他跳进去捞上来的。墙壁瓷砖上镀着俄罗斯人物风情画——三驾马车、河边妇人、红场冬景、谈笑走出克里姆林宫的爵爷贵妇。他洗出来钻进被褥，娆娜格跳进他的臂弯。老板的那句诗是在说——爱情是什么？两个青年人的春天。他想起老板临走前对他说的一句话："阿海，别学我们的坏样子，爱情嘛，亚克西的东西……"他枕着有沙枣花香的乌发甜蜜微笑。这是真正属于他的。

半夜，他轻手轻脚地下床，打开一条门缝，侧身出去。走廊悄寂，维吉扎尼趴在总台上睡着了。

"维吉扎尼……"他小声唤她。

维吉扎尼慌忙抬起头，迷惑困倦的眼神与他遇上。

海俩尼温柔地凑近她，"有火机么？"

他的手肘压到案台上的计算器，一个沉缓的女音连说两声："零，零。"

在晚云上

　　群山高举。阿克鲁秀达坂西侧的03号雪峰，铅矿一样沉静，在雾霭凝结的白光中漂流。鹰在落日里乘着上升的气旋，带着它自身凯旋之美。

　　每年这时候，七八月份，连队会进山与南部边境线相接的一四一团一连会哨一天。先进点位互赠锦旗，会餐时再互送礼物。临行前，副团长让随行的司务长核点一遍物资。司务长的爱人前两天来电话，医生说他们刚要上的第二个孩子不再吸收母体营养，必须终止妊娠。连长原本不让司务长这一趟跟着进山，但指导员说有副团长参加，保障工作还是得找靠得住的人。司务长嘴里念念有词，挨个翻了翻马背上的背囊，过会儿来报告说，副团长，可以走了。

　　这个季节进山巡逻，一般选择晨间出发。那时山谷气温低，少有融雪，河水量小平稳。等到午时，山谷被晒化的积雪奔流而下，下午七点左右河里就开始发洪水。这次会哨的

03号峰海拔四千五百二十九米，途中翻过两座山。早晨从连队走，夜里在护边员萨哈提家休息一夜，第二天一早十点左右就能到达阿克鲁秀达坂的前哨点。

一行人骑着连队的十二匹马，跟站在营房台阶上的指导员和全连弟兄挥挥手，就向西面山里进发了。

下午六点多，骑马过回水湾。一个一期士官拽着缰绳在岸边打转，他的马怕水，不肯下。士官跳下马，抚摸马头，给它梳理鬃毛。牵着马在河边站了一会儿，之后再上马，骑着它绕行小跑了两步。将要下水时，马突然在岸边急停，把士官甩进河里。副团长和连长听见喊声掉头回去，看见卫生员抛出背包绳给他。士官伸手够了两次没碰到绳子，被急流冲到了河道七八米宽的地方。这时他展开四肢，挥动胳膊，扑棱几下游回了岸上。

"乖乖，头一回见青海来的会游泳。"卫生员说。

青海士官的马把他撂进河里就跑了，连带马背上的背囊。卫生员给他裹上毯子，拿了一瓶水一个馕。他和其余人招招手，自己往回走了。

夕阳已西沉，气温骤降。映照在他们身前山冈上最后一抹明晃晃的余晖也已淡去。松林色的夜间到来了。连长将脑袋缩紧，听马蹄噌噌地踏击着岩块。副团长骑乘的那匹棕栗马，发出一声低沉和缓的嘶鸣声。

"它的马掌。"副团长回过头来看着连长，下巴朝他骑的马努了努，"蹄钉松了。"

"想着走山路不用跑，还没补。"连长说。

副团长用脚碰了碰马肚子上的背囊，回过身去不说话了。

司务长勒了一把缰绳，马头靠向连长。看看连长再瞪了一眼副团长，嘴角一撇，意思说，副团长刚怎么没飙？

连长也撇了撇嘴，表示不太清楚。连长手伸进内兜，摸出一根烟递给司务长。他伸出戴着皮手套的左手稳当地接住，轻轻插进棉帽的卷边里。

看远处四周。如此巨大的空间一度有过海洋，而现在，岁月悠远，冰层凝固。各种事物都慢慢脱离了海洋的属性。只有月亮仿佛忠于往昔的时光，依然在老地方。

到萨哈提家时已近夜里十一点，除去路上一个士官的马踩进旱獭洞伤了前蹄，带马返回连队，一行还有十人。萨哈提和他老婆在大屋里烧奶茶，焖羊腿肉抓饭，连长和司务长在杂物间炖杂烩。

那时，连长刚上山任职。晚上司务长来连部，说在山下刻了两枚章子送给他，一枚公章，一枚私章。公章用的宋体字，私章用的楷体，私章侧边刻着"恭喜发财"四个小字。过了几天，司务长来找，问怎么不用他给的那枚私章，连长说这里不是发财的地方。之后在连队这两年，司务长对财务的事比较可丁可卯。

"你媳妇怎么样了？"连长问司务长。

"还可以。"司务长蹲下捣了捣灶底的柴说。

"有个儿子其实也可以了。"

"就是。"

"咸不咸？"连长问。

司务长从锅里冒出来的热气抓了一把，往脸前一闻。"嗯，还可以。"

"那他妈肯定够咸，吃你的饭就是伤肾跟你说。"连长说。

"狗屁，你少弄两下肾好好的。"司务长说。

卫生员嚼着黄瓜进来了，蹲在灶前捅了捅柴火。

司务长边说边在锅里翻铲子，"一回家儿子就叫我讲故事，回回都是葫芦娃大战奥特曼，再真没的可讲了。"

"那你给他讲葫芦娃大战七仙女啊。"卫生员说，"还能隐身呢，又是水又是火。"

"还能大能小呢。"连长说。

"哎，大，能兴云吐雾，小，则隐介藏形。"卫生员说。

这会儿一个士官抱着一摞子馕进来，对卫生员说："说龙呢吗？"

卫生员看了他一眼，"说你呢。"

两锅炖菜端到炕上很快捞完了，就着连队大棚里摘的鲜黄瓜，喝点背囊里带的可乐，萨哈提老婆端上来的羊腿肉抓饭也吃得精光。萨哈提搬进来一袋羊粪饼，司务长和两个二期士官在炕前架火。几个士官去了隔壁屋打钩机。副团长盘腿坐在炕中间，伸手摸了摸右面土墙上结着的霜。

这是副团长从野战师作训科调来团里任职的第五年。他想，这还是个说得过去的年头，如果再待上两年不调职，他父亲就该说这是个阴谋了。像父亲当年在正师职岗上退休，他说这是被人算计的阴谋。二〇一五年反法西斯战争胜利七十周年阅兵，据说邀请爷爷所在部队出生于一九二九年之前的抗日战争老英雄出席，他爷爷恰好生于一九三〇年一月，未能成行，对此，父亲也有不平。他认为有些事只是运气，父亲则认为一切事都是人事，既然是人事，就能被操控和修改。

犹记得军校毕业时，父亲说你爷爷是团职干部，我是师职干部，对你没要求，自己看着办。

父亲从来不提具体要求。这促使他选定了一种文明的、不痛快的堕落形式——凡事追求最谨慎妥帖的一面，拒绝任何鲁莽、轻率，限制一切意料之外的精神释放。军校期间，他状态积极。并不因为他珍惜学习机会，或对参军真正有兴趣，他只是听从安排，照猫画虎。毕业两年，刚从野战师基层调到机关那段时间，每晚加完班，得吃上两片睡美宁才能睡一会。

回家吃饭，父亲抢过母亲手中给他添饭的碗摔在客厅里，要他放下筷子去厕所照照，一个军人蓬头垢面，胖得像头猪。他不会说自己神经衰弱，周末加班，两天睡了四个小时。也不会说他总在事情出差错时责骂身边同事，他们极少打扰他，也从来没有邀请他到他们的家，热闹地吃上一顿。为什么他们这拨大院的孩子，明明可以出去做任何一种工作，却像一捆湿柴堆在这里。为什么父辈越挺拔，他们越松垮。为什么一，为什么二。

父亲在离职前那段时间，蓄积着强烈的斗志。身上的慢性湿疹和神经性皮炎发作频繁，仍强迫性地不停洗手。他坐在父亲身旁看新闻，父亲接了一个电话后回来坐下，盯着电视里的洗衣液广告双手反复搓揉，毫无意识地撕拉指甲盖边缘和手掌皱起的皮痂。他觉得那双手想说点什么，说出某种历史性的、古老的惶惑。他也想站起来洗个手了。

屋里架起火来有些燥热，脸烫得很，脚像结了冰。连长掀开挂在门口的毛毡走出屋去，深吸了一口山谷里寒冷的夜气。积雪覆盖的山脊厚实、整洁又浑圆，白过冰。月光直直切下，在雪上发出微蓝的光。这里没有烧羊粪的烟味；没有米饭、黄萝卜丁、奶疙瘩、奶皮子、羊腿的香味；没有萨哈提炕上从厚毡子里冒出来的烈酒气；没有人挤在一起嘴里嗝出来的潲味，和脱下作战靴的酸臭气。

他们骑上来的马伫立在牲口棚里，厚重的鬃毛披盖着它们的脸。副团长骑乘的棕栗马喷出一声鼻响，雾气在空中凝结成细小的冰珠。健壮的肌肉随前腿迈步时拉伸，带出一阵热气。过会儿，棕栗马收回它的腿，定在那里，和连长一起嗅着棚下香甜的甘草气。

副团长上任第二年。有天下午，连长和司务长在大棚里扎架子，指导员在荣誉室磨石头，各班有的睡觉，有的打游戏。副团长的车开到营房跟前，连队值班员才看见。文书去荣誉室把指导员叫下来时，副团长已径直跑上二楼，踹开一班、二班、三班的门，又跑下楼踹了炊事班的门。

"他妈的一帮肉头。"他边踹边喊。整个契利尔边防连在营区人员，除了哨兵，三分钟后都跑进大厅。副团长解开迷彩服拉链，要连长打开枪械室，他走进去，拿起一杆枪摸了摸灰，拉栓试了两把，放下枪一脚踹翻了凳子。

指导员拽下迷彩帽扔在地上，回连部关门上了锁。连长集合连队，请副团长讲话。副团长阴沉地看了所有人一眼，说你们自己看着办。就和陪他一起上山的作训股长下山了。

副团长的车还没出连队，指导员的告状电话就打到了团部。政委到山上时已是夜里，车停在连队大门口拦车的吊杆前，政委等了等，见吊杆没有升起来，就下车步行进了连队。指导员拉起袖子，给政委看胳膊上给铁丝划的血道子。跟政委说，全连除了站哨值班的，大清早都跑去边界线拉铁丝网，干到下午才回来。连长在菜地里绑西红柿架子，他在磨石头，大家都原地休整，表现还要怎么好？政委劝慰他，意思是，副团长从野战部队调过来，对边防连的要求也是依凭老单位的标准。

那天后半夜，指导员回屋写检查，连长和政委在招待室又坐了会儿。政委说这两天他闺女在学校跑体能伤了右膝的半月板，怕她承受不住训练强度会抑郁。现在又怕指导员或者副团长不适应环境抑郁了。连长给他点了根烟。政委在这个位置上待了八年，有时候觉得他不过是一个人，有着人应有的限度。

听政委讲，副团长的父亲原是军分区的师职首长。副团长大概从来不用像指导员这样可怜，操着一口云南腾冲的山人口音陈述委屈。他的职业生命从其父亲前程初备形态时就已成形。

大屋里热气缭绕，蓝色的香烟从副团长的鼻孔里喷出来。

刚才连长掀门帘出去了，此时屋里就他一人。对面屋子打牌、起哄的吵闹声传过来，油、蛋、羊腿肉、烂白菜的香味在他的肠胃里暖烘烘地发酵。饱是饱了，他还想再掰半个馕泡奶茶解馋。

以前在家吃饭，父亲要求每餐光盘。有一次母亲看他回家，多炒了两个小菜，父亲就在桌上骂起来。说他母亲做事没有计划。他母亲不吭声，埋头吃，把多做的菜都咽进去了。他母亲嫁人之前在毛纺厂当质检员，喜欢拿点出口的毛料做衣服裙子。现在，父亲要求他母亲买衣服不超过五百元。他军校时给母亲买了一件羊绒衫，母亲收起来一直不穿，过两年他想起这事，母亲找出来一看，已经被蛀了些窟窿眼。

在漫长的生活过程中，他默认了母亲的态度，与母亲一起领受父亲的要求和意愿。高考前夕父亲很少回家，到家必是列出对他的几项不满意。父亲走后，母亲继续回到电视机前坐下，不发一语。他带着书走到院子里的小树林，点上烟先吸两口，等抽差不多了，把烟头在胳膊上摁灭。

工作后不久，父亲表扬了他。那个周末他一瘸一拐地回到家，说起单位分给他的老房子紧挨着垃圾站，那天看出太阳，开了会儿窗户。晚上下班回家一开灯，客厅的窗帘上爬了几十只苍蝇。他拿起苍蝇拍去打，苍蝇四散飞进各个屋子。追着打了两个多小时，还有几个钉在客厅天花板上。他找来一把高凳子踩上去，用力挥拍子时眼前突然一黑，凳子向前滑倒，人摔了出去。他母亲听完叹气，说也不找找人，要套新一点的房子。他父亲骂了他母亲几句，告诉他回去自己掏钱安个纱窗。凡是做大事的人都能忍耐。不要开口要好房子，给别人留话柄。又说起听战友讲，某某的儿子当了团长，在训练场上夺过战士的枪，对天铛铛连放了好几发以示自我庆祝。父亲说，这种愣逼没前途。还是自己儿子好，做事沉稳，不多言多语，是成事的材料。那天晚上，父亲进他屋坐了一会儿，放下一瓶美国进口的安眠药。

前些年，父亲还有自己的一摊事分散精力。现在，他感觉那些被重新调动起来的不甘、愤懑，都集中到他身上，而他无法说出那句话。他只是告诉父母，他在喝减肥茶，瘦了之后体能会很快回升。

他看了一眼刚从屋外进来，坐在炕沿上的连长，他的右手胳膊肘搭在屈起的右腿上，整个身子一副防卫的架势。他知道连长的父亲是当警察的，连长身上也有那么点意思。他小口小口地啜着碗里凉下来的奶茶，突然呛着咳了起来。没放稳的碗倒向一边，毡子上出现一小片湿渍。

"去把锦旗找出来。"说话时他的鼻孔还在不停地掀动。"挂起来弄展一点。"说完端起碗把剩下的茶底抿得干干净净。

"这个包里没有。"司务长舔了一圈嘴唇说道。

"几个背囊你都找了？"连长两手在包里翻找，朝放背囊的墙角扬了扬脖子。

司务长连连点头，结结巴巴地说："我……操……我卷巴卷巴放进筒里，那个筒也找不见了……好像真是挂在门后头忘拿了。"司务长直起脖子四处张望。

连长找出北斗手持和连队联系，等了一会，没有回复。

副团长走进来，线条分明的嘴唇紧闭，绷着面孔。

"没找到。"连长说。

"没找到还是没带。"副团长说。

"应该是忘带了。"连长说。

"应该是？"

"我给连队发信息了，可能没收到。"连长说。

副团长毫无表情地盯着司务长,"那预备怎么办?明天跟人家说锦旗落连队了?"

"我回去拿。"司务长说。

"现在几点?"副团长问。

"十二点。"连长说。

一行人聚到屋里。商量让一个二期士官去东南方向的武警边防哨卡,找他们用卫星电话和连队联系,连队派人往上送,连长和司务长骑着马往下跑,争取早一点汇合,拿上锦旗就往回返。顺利的话,明天一早能赶回来。

几人一道去牲口棚里牵马,之后二期士官向南面去了,连长和司务长向山下骑行。脚蹬透过鞋底传来凉意,虽然天这么冷,连长还是觉得口渴。

司务长给连长递烟,说自己大意了,连带害了他一下,过意不去。连长接过烟,点着抽了两口才跟他说,刚才的炖菜放多了盐。

连长的父亲在他读小学时还是基层刑侦警察。有年市里发生一起杀人碎尸案,抽调他父亲过去协查。连续一周的现场勘查中,他们只提取到碎尸用的钢锯,就是找不到作案刀具。那天父亲跟着侦查指挥员和专案组同事去另一个关联现场查找分析。指挥员顺手从写字台的笔筒里拿出一把美工刀，裁开几张A4纸分发下去，让他们现场做观察报告。中午发盒饭。父亲端着他的盒饭坐到写字台上，把美工刀和那沓纸往边上一推。过会儿父亲放下盒饭，拿起美工刀对着光看了又看。他拆开美工刀，在刀鞘里发现了被冲洗后残留的血迹和人体组织。

父亲由此受到上级重视，开始岗位调动。连长高二时的大年初一，叔叔来家吃饭。父亲陪他在小屋里喝酒，叔叔提及要他注意一点，别贴着个别人走太近。父亲哈哈大笑，说在儿子出生那天，他去一家旅馆办案，推门进去，受害人仰面倒在血泊中，一枚弹丸从其眉心穿过。父亲看到他的手中，尚紧紧地握着一把扑克牌。一副好牌。

半年后，连长父亲的上司被查，他随之停职。那段时间，连长在银行工作的母亲眼压升高，青光眼愈加严重，处理完手头客户的两笔贷款后离职。几乎与此同时，父亲保住平安，得到一个重回基层岗位的机会。

连长升上高三那年，叔叔把在他们家楼下的那套房子腾出来，让他住进去复习。父亲在离家公交车程四十分钟的派出所当片警。有一天，父亲下楼给连长送切好的哈密瓜，连长说不想吃让他端走，他坚持往桌上放，被连长夺过盘子一把甩出去。父亲把碎盘子、瓜块扫干净，光脚在地上来回划拉了两趟，没说话关门出去了。第二天晚上，连长看桌上放着一部对讲机，拿起来时它响了。父亲问，吃不吃哈密瓜？

高考填报志愿，连长想报军校。父亲问他记不记得三岁那年，他的生日愿望是和爸爸一起穿警服上班。连长说记得。但现在，那个愿望背后的神秘和魔力已经不存在了。那年父亲给叔叔讲的故事不错。摸到什么牌都好，能打出去就行。

送连长去学校报到不久，母亲做了青光眼手术。手术失败，视神经烧死。三个月里，母亲两次试图自杀。有一天父亲上班时接到母亲电话，母亲说如果他二十分钟内不能到家，她就跳楼。父亲赶回家，发现母亲躺在阳台的藤椅上睡着了，额头延伸至太阳穴的位置上画着很多条黑道道。

一天晚上，母亲宣布从今天起，她要做一个瞎子。父亲下了班回到家倒腾家具，将摆设调整到适合母亲起居。再架着母亲胳膊一遍一遍熟悉走道。他一方面好像想把那几年在外的蹉跎补回来，另一方面好像是母亲在领着他走。母亲让他敬畏，给他希望。

自从知道母亲再也看不见了，和她说话时，连长反而会专心致志地注视她。不东张西望，也不会掏出手机来看。有时她边说话边转过头来面向连长。强烈的阳光从她身后窗户斜照进来，让她的身影变得虚化。她的眼睛，那一对蓝色的瞳仁，使得她养成了一种表情，让她的样貌有了改变。那种表情不是悲伤，也说不上愤怒，就像是她看到儿子小时候在作业本上，一直把阿拉伯数字"8"写成两个上下脱节的"o"。或是药太烫喝不下去，先放在一旁，想起来去喝时已经凉了。

连长问她有什么愿望。她说想出去做个眉毛。以前她看不上同事纹眉，觉得不自然，现在自己也画不成。母亲纹完眉毛那天下午，连长陪她在小区散步。她让那个院子里想看笑话的人大失所望。她镇定自若，无动于衷，看起来依然容貌清新，身姿挺拔。仿佛灾难发生在别家，与她无关。以前家里的生活似乎通过一根看不见的线牵在某人手里，想收就收，想放就放。现在线挣断了。但他们从不认为生活已经到头，母亲在生活中的权威至今真真切切，这个家庭仍有一种深层的稳定心态。

人可能拿起一把裁纸刀，拿拇指推了两下就改变命运。可能今天能自己画眉毛，明天就不能。也可能把锦旗装进筒子里，挂在门后忘了拿。

山风奔袭，打算要将他们和胯下的马吹出山外。寒气一个劲从领子、袖筒里钻进去，肋骨和脊背冻得发硬。两条腿麻木如铁。俩人缩着头，生怕喉咙抽筋。

"你说世界上有没有鬼？"司务长说。

"快有了。"

"啥意思？"

"咱俩啊。"

"真他妈的……唉。"司务长又烦躁又懊恼地咳出口痰吐了。

"我妈以前从来不信，这两年老跟我说有。"连长说。

"你妈不是眼睛不好吗？"

"嗯，她自己在家坐沙发上看电视，说就感觉有人坐过来，沙发那头往下陷了一点。看了会儿可能没意思，那个东西就起身走了，去了卧室。然后我妈听见衣橱抽屉拉开了，有窸窸窣窣的声音。"

"然后呢?"

"我妈就喊,说你轻一点,别翻乱了。"

司务长笑起来,俯身弯腰抚摸了两把被风吹向一侧的马鬃。

"我媳妇那天打电话给我说,我们儿子那天在家玩船模,突然就抬头对着厨房喊了一声,我媳妇问他干吗,他说厨房有人进来了,我媳妇说门和窗户都关着,瞎说。我儿子说他从厨房进来,又从前门出去了。"

"小畜生那通胡说八道估计把我媳妇吓着了。"司务长说。

"要是我在家,啥屁事没有。"他又嘀咕道。

司务长之前想退役,连长和指导员接连几夜做他的工作。这里的骨干想走都难。三连连长在朋友圈发过一个笑话,孟婆和阎王说,我在奈何桥边待了几万年,实在无趣,想投胎去人间走一圈。阎王说,好,你把这碗汤喝了吧。喝完就问孟婆,你还记得你是谁吗?孟婆说不记得了,阎王说,好,你以后就叫孟婆,你去奈何桥边给人送汤吧。

"你说连队的人出来了没有?"连长问。

"最好他们先过回水湾，不用咱们过河。"

司务长紧了紧缰绳。刚才猛烈的风渐渐小了，雾霭裹挟着乌云涌上来，不一会儿飞雪遮住天空。马用胸膛压着风往前走，蹄铁在沙砾地上沙沙带过。雪落在领子上化得很快。吸口气，牙齿酸疼。

到回水湾时看了下表，还不到四点。连长想把腿从马镫上抽出来却发现动弹不了，刚才骑行时间过长，忘了把脚放下去抻一抻。司务长跳下马，过去拉住他从马上往下拽。连长一屁股掉到地上，坐了好一会儿。

司务长从包里拿出应急手电，拽出三根背包绳开始打结。

"你先过，我拉着你，有情况马上拖你上来。"司务长说着把绳子往连长腰上绑。

"你试试拉紧了么？"连长说。

"行了。"

司务长抽上根烟，拽着绳子站在河边，右脚掌抵住一块石头。冰块浮动的水流嘎嘎作响。连长上马，回头看他，他冲连长摆手，"去吧，不会淹死你。"

雪青色的河水向东涌动，连长勒着缰绳引马下河。冷风剔走毛孔里零星的热气，裆下没有知觉，腰上的绳子也感觉不到。下了几百万年的雪持续不断飘落，河面的反光叫他心烦。

上山之后的第二年探家，连长和初中同学在聚会后来了一次。初中开了游泳课，大家自带泳衣和救生圈。她穿来一件救生衣，胸口写着：抗洪。探家那次，发现她参加工作以后知道收拾自己了。个子也长了，比连长高出半个头。连长的脚后跟摩挲她的脚腕，像抚摸泡在温水里的鹅卵石。那一次确实做了很久，久到连长怀疑这是阳痿的先兆。如果眼下掉进水里，这个温度大概能把他的卵蛋冻成妈了个蛋。这几天那个地方还有点痒，可能是摸了猫没洗手就去解手。连队的猫整栋楼里跑，哪都钻。有时候晚上睡着了，第二天掀开被子它先蹿出来。

前天夜里查完哨，连长去荣誉室准备打个电话。看见荣誉室里亮着灯，副团长蹲在地上，正在给那只猫揉肚子。过会儿捏起它下身一截软骨搓动。那只猫嘶叫一声，抽搐起来。副团长袖起手看着它，又伸手按了按它的肚皮，哼起了军歌。

连长不明白副团长为什么会在这个荒僻的地方凭此打发

时间。在这种寂寞无聊的环境里，他的家庭背景、招女人喜欢的外貌和文雅的风度毫无用处。他的特权，就是和连队这些人一起靠体力劳动默默忍受。或许，他的家庭真的给了他信仰和抱负，使得他由衷地相信自己正在分配正义，献身荣誉。又或者，他就是单纯地喜欢晋升，为自己处于家族序列中的重要位置上深感骄傲。

连长俯下身，弓起后背。这时，马的肌肉有一阵不由自主地抽搐。它响了一声马嘶，稳健地踏上河岸。

司务长在背后喊了一声。连长回过身，看对面河岸有两个人正朝司务长小跑过来。

指导员和一个上等兵走到近前。指导员抱起膀子在对岸一块石头上蹲下。

"去你妈的，刚爬上来就看见你下河了。"指导员喊话时音调低沉发抖，在风中呼出明显的哈气。

马抬起前蹄打了个激灵。连长紧了紧手里的缰绳，掉转马头再次下河。

上岸后，指导员带的那个上等兵湿漉漉地走过来，帮连长解开腰上的背包绳，连长问指导员："没去找老乡借匹马？"

"肯定是借了骑过来的啊。操！你敢拉人家老乡的马下河？我冲走了国家赔，马冲走了是咱俩赔好吧？"指导员的湿衣服贴在身上，看起来格外瘦弱。

上等兵把装着锦旗的筒子递给司务长，司务长感激地拍拍他的肩。

指导员动了动肩膀披着的雨衣，指着上等兵说："这小子挺机灵，还知道带件这个，虽然穿上没什么卵用。"

"你们俩骑走一匹马吧，背包绳也给你们，过两趟河受不了。"连长说。

雪在天亮之前停了下来。天地之间呈现淡淡的紫色。霞光在远处显露，用自身平静的光亮照耀皑皑群山。副团长在屋里整理好被褥，下炕走到屋外。山谷里空气稀薄，落雪的地方到处空荡荡的。

五年了，他仍然感觉得到她。在每个仰面躺下的夜，与他重返往日。幼儿园的午间，她等老师离开休息室后爬到他床上，陪他入睡。上小学，俩人脖子上挂着各自家中钥匙，每天中午一起走回大院食堂吃饭。初二时，她母亲病逝，随父亲回到西安生活。大学他奔赴西安，她考去北京。她父亲去学校找他谈话，说我可以把你当成自己的儿子一样看待，但你想和她在一起，不可能。彼时，她的父亲升至副军，他是个升到头的师职干部的儿子。

她定下亲事那年，他回疆工作。在她婚后第六年，父亲留滞，她也离职受查。同年，她与丈夫离婚，两岁的孩子判给丈夫。他再度联系她，恳请她回到自己身边。

一天，他进山考核，她到师部所在的县城宾馆后给他打电话。他跑出帐篷又飞快地折回去，翻出一面镜子举着冲出来。他让她站到窗边，面向十点钟方向，他就在城外两座山之间的山坳。电话里，他问她是否越过迎宾大道的滚滚车流和车窗反光看见山坳里的闪光？她回答他看见了，她看见从他手中镜子反射而出的光。看到了全部。一个月后某天夜里，她发来信息说很想妈妈。凌晨时，她爬出阳台跳了下去。

她走后，他一直在找一种媒介，得以再看见她、听到她。他相信她在死后仍能生存，相信她在这世界所得的记忆和感情仍会保留，她的灵魂就像他伸手触碰的物质一样坚不可摧。听师部的家属说，昌吉有一位信仰佛教的维吾尔族女人能通灵。他休假时去找过那位女人。女人在入定之后半晌沉默，回过神了告诉他，她的灵魂回避与他再见，她已无话可说。

这些年，每一个吃药和不吃药的夜晚，他都能梦见她，醒来后寡言少语。却心绪简洁，情感宁静。只有在她前两年的那一次生日，他不知为何内心如刀割，呼吸困难，看不清文件上的字。他带人开车跑到全团位置最偏的连队，发了一场疯，后悔至今。

他和师里保卫科一位清华计算机博士聊天，问他实景VR能不能让过世的人与活着的人再度见面。也许以后的社会，路边会建起几座小屋子，当人突然被心念所俘，可以走进这样一个地方。扫码支付，输入逝者ID编号，与她见一面，说出只想对她说的话。博士告诉他，技术好实现，困难在于采集逝者生前的资料信息。信息汲取越多，重现时才会逼真鲜活。而这些，最好在逝者生前完成。

去年这时，和他在大院一起长大的发小在驻训地，跟另外四个战友一起跑武装五公里时患了热射病，那四个人当天就走了。发小的父亲，也是他父亲的原上级领导，连夜跑去北京找来空军总医院的专家，多留了孩子四十来天。他去医院看发小，碰巧发小从昏迷中醒过来，但说不出话。发

小的父亲站在一边，老得一眼就能看出今生只会有这一个
孩子。他走后第二天，发小陷入深度昏迷，听说最终由发
小的父亲撤下了呼吸机。这些年，他不再往自己手上放烟
头。他曾想过父亲彻底失望的时候，也想过自己终于一事无
成。此刻最庆幸的，却是自己和父亲都健康平安，还能彼此
观望。

家里冰箱的冷藏柜里，一直冻着几盒胶卷和一盘卤猪蹄。
胶卷里是他父亲给爷爷拍的照片，他爷爷要求要等到自己过
世后再洗出来。那盘卤猪蹄，是爷爷在世时吃的最后一样菜。
冷藏柜里永远放着这两样东西，正如他心里也将始终存放着
父亲对他的厚望。对父亲，对她的这两样情感，结结实实捆
绑着他，让他吃着药片却不会想做那件事。

此刻站在阿克鲁秀达坂脚下，山风回荡在附近耸立的
幽谷之间。黑褐色的岩崖上被雪水冲出一道道印子。他能
看见河水泛着泡沫流过巨石，河水也回看他。岭间万物
安谧。

他们牵着马爬上山坡，看见副团长站在马槽前望向这边。
司务长举起筒子朝他挥了挥，从连长手里牵过缰绳折向马厩。

"回来得挺早。"副团长说。

"还可以。比想象中顺利。"连长回答。

副团长把右手举到连长脸前。他拿了个鸡蛋。

"你看。"

副团长把鸡蛋递给连长。

"这怎么了?"连长接过鸡蛋看了看,上头有个小窟窿眼。

"昨晚上萨哈提把咱们带上来的物资点了一遍,什么是咱吃的,什么是给他的。结果落了一盒鸡蛋在窗台上,今早上一看,每个鸡蛋都被鸟啄了。"

"这啄的眼还挺小。"连长说。

"应该是不大的鸟,像麻雀那样的。"副团长说。

连长在马槽边坐下来。副团长的脸有些浮肿。指导员说副团长有毛病,很少睡觉。连长觉得人老觉少不算病,不找女人才是。

"副团长,我有个事请示您。"连长说。

"你说。"

"今年我家里给介绍了个对象,我们一直微信联系,从来没见面,这次上山之前她突然给我打电话,说她过来了,想见一面。现在应该在县里。我想会哨下去之后,请两天假去看看她。"

副团长坦率地叹了口气，右手搁在额头上来回搓弄。

"她从老家来找你的？"副团长问。

"是。"

"挺远的啊。"

"是。"

"你俩有感情吗？"

"还可以吧，家里亲戚介绍认识的。我跟她说，我母亲看不见了，父亲工作也一般，我又是这么个情况。她也不介意。前两天跑到我家去，给家里做了一顿饭，还录了段视频发我看。这事干得，怎么说呢，觉着挺好。"

"是挺好的。"副团长眼睛一直看着别处。那边好像有个受了伤的、蹒跚的东西试图飞走。

"他们说以前阿克鲁秀这里有个小庙，后来塌了。"副团长说。

"不可能吧？"连长说。

"我也是听人说的。"副团长说。

"小时候我们那有个庙，里面供的可能是三清，不知道为什么不伦不类的。"连长说，"还有一条狗，可能是哮天犬，大年初一家家户户都去，我跑过去一时好奇，看见狗舌头露在外面，我就一扳，断了。把我吓的……更绝的是后来那座庙拆了，神像被搬走了，杂物就扔在旁边一个房子里。我上大学时放假闲得没事，漫山遍野乱跑，一天不知怎么就看到那个房子，门锁了，我就把窗户开开翻进去，一下子就看到那狗，舌头还是断的，正好盯着我，把我吓得，差点尿了，再也不愿意去庙里了。"

副团长大笑起来，脸上一瞬间有了柔和的神采，表明他曾有过这样的表情。

"我们全家都是坚定的唯物主义者。"他笑着说。

"我家里的人没什么观念，看得见摸得着就行。"连长掐了根草，放在嘴唇边啃咬。

"实实在在的东西都挺好。"副团长又说。

过阿克鲁秀达坂时，副团长放开喉咙唱起军歌。司务长使劲赶着马，嘴里叼着他自己卷的烟。几个士官步伐矫健，一声不响地踏着积雪和草棵子往前走。路旁是黑黝黝的深谷。淡蓝色的天际覆盖在峰峦之上，云似一条条波浪铺开。连长的马踩过一丛驼绒藜，打了声响鼻。

　　昨天下午进山，连长看见晚云上有一只麻雀飞过。那么高的地方，怎么会有麻雀呢？但那肯定不是一只鹰。他心想，既然麻雀能飞到那么高的地方，那爱我的女人也能跑到这里来看我。而我也应该排除一切困难，去看看她。

苹果

来时车上，连队司炉工老吕在前座说个没完。听那意思，为给我找个地方洗澡，他动了舍不得用的资源。全连队除了他，更没人请得动农林局万副局长大周天的亲自开车来接。

跟万副局长摸黑爬上农林局招待所三层，老吕接过万副局长递出的钥匙开了间房。

老吕说他陪局长在外头抽烟，有事喊一声就行。

水温不高。对着花洒闭上眼睛，不去看隆起的肚子。我多食、浮肿的样子，大概只有这里的男人看不出端倪。

本打算昨天下午到连队，吃了晚饭就跟伍振摊开说，可开饭前他被老吕喊去水电站，凌晨才回，早起又去上哨。

起泡的头发刚在水流里有了一点涩感，水全冷了。看水箱上的显示牌，指针已滑出红色部分。

吕班长，吕班长……

我对着排风扇口喊了几声，走廊灯亮了又灭了。整栋楼毫无响动。

刚套上衣服，老吕的口哨传进来，接着嘭嘭擂响了门。

才打开一条门缝，他整个人就梭进了屋子。喷出酸苦的酒气。

洗好了？

好了。我说。

走，吃饭，万局长在等你哩。老吕说着，脸变得明亮。我们都饿坏啦。

太晚了，直接回吧。我穿上鞋，拎起背包。

不行。老吕拦住我。

我们等你半天啦！老吕说。伍振没告诉你我和他的关系吗？和万副局长一样，最铁的。弟妹，哥的面子不给吗？

太累了，改天我请你。我说。

你不吃，那陪万局长喝一杯，好不好？他说。

我瞪着他，指了指干发帽。

这样怎么去？我说。

他立马起了高调。说伍振跟我讲你连着几天坐车累了，想洗个澡，连队等到周五才烧水，我就马上给万局长打电话。人家饭都没吃，开车就来了……

他站过来，声音低哑地一再恳求。行吗？妹妹，哥第一回跟你开口。给哥个面子，给个面子……

他说的所谓饭店，是间搭在河边上的铁皮棚屋，锈蚀的铁板和绿油漆，被一盏搪瓷灯照着。迈过踩断的木槛往里走，一间土屋，梁顶低矮还歪着。大圆桌上堆满菜盘，看来已经喝过几巡。桌边窗台上还摆着四盒白酒。桌前，万副局长和两个人堆坐在椅子上。眼光在我俩身上来回戏耍。仨人手里的香烟，熏得满屋黛色。

老吕把窗台上的酒拿到桌上，边拆边说快拆开喝啊，喝不完就带走嘛，还用给我省钱嘛。又掏出兜里的烟一根一根摆到桌旁每个人脸前的盘子里。

坐。万副局长拿烟的手指点了点我脚边的凳子。

看看，就等你了。老吕拍了下巴掌，兴冲冲地坐下了。

万局长，晚上有点事，敬您一杯请个假吧。我说。

那不行。万副局长手指朝身边两位动了动。说，坐，你代表我们那位小兄弟，今晚好好喝一下。

我没抬头，倒了半口酒，喝完扔下杯子就往外走。

老吕追上来，在过道揪住我的背包带。

我甩开他。

小跑出饭店，爬上了路边的坡道。平原起了夜风，太阳穴像被凉气敲开了。我停在一片漆黑的地方，弯下身子，抖开干发帽重新包了一遍。来时只有这样一条土路通向连队，没有岔道。我双手护住肚子，往前走了。

前年头一次到连队过年。老吕的老婆带我来过一个类似的饭局，一桌不认识的人，记不住的头衔。我们假花似的插在凳子上。

老吕的老婆在饭桌上拽掉发绳，单脚踏着凳子喝，走时脸也青了。

我们有一个微信群，连长建的，起初连队几个士官和家属都在。后来有天晚上，男的都被清走了。经常看到有新人被拉进群，又有之前认识的人被踢出去。我被几个人加了好友，每天看她们发广告，化妆品、袜子、干果。老吕的老婆发得最多，从清早到凌晨，早先卖皮包，后来代理老北京足贴。我在她那里拿过两盒治腰疼的给家里，闲谝多了就熟了。

有一天，老吕的老婆半夜给我发语音，说刚才睡到惊醒，忘了老吕在家，而且就睡在旁边。吓得她跳起来拼命喊救命，质问老吕说你是谁？

她跟老吕讲，以后休假回来睡沙发去，不习惯你睡在边上。话说得有歧义，老吕就骂了她的娘，被她打了一嘴巴。老吕的老婆跟我说，不要以为回来搞我两次，老子的火气就泄了。

我和伍振也这样。他一年回来一趟，开头两天，端给他一杯水他还说谢谢，刚放松下来他又要走。

老吕的老婆和我都神经衰弱，我说你可以喝杯红酒助眠，她说要是喝得起红酒就不失眠了。

路难以容忍的长，走了十几分钟，背后亮起一束手电光，打亮了路边沟里的灌木丛，之后很快灭了，接着再亮起来，飞快地又灭了。回过头，看见老吕神情温顺地赶到我跟前。

你脾气怎么这样……他说了一句。

怎了?

真是一点面子都不给啊。他叹气。

凭什么给你?

老吕愣住了。

他垮下脸来,有些疑虑。

你什么意思?

我不理他,加快步速往前走。

你是这个意思吗?!

……

他一下子站住不动了。

妈的你们这些女人……

他目光瞅着前头,阴郁地呼出消化道里的臭酒精气。搭在肩上的夹克滑下去掉到地上。

他躬下身,伸手去够外套的前襟时身体往前栽,整个人蹾到地上。他垂着头,一副不打算再站起来的表情。

干吗?你不走了吗?

他不看我,还是坐在那不动。

我转身往前走。

你讽刺我!他在我背后尖叫起来。

这突然的一下叫我头晕目眩，想吐又吐不出来。几天的身体疲劳，神经紧张，这时也崩溃了。

老吕喝点酒就哭也不是头一回了。他老婆说，去年她上连队看老吕，晚上全连在操场烤串串。她数了一下，几十号人，她凑近了老吕说，刚进了一些足贴，贴在脚和大腿的穴位上治风湿风寒，让老吕给他们推销。老吕不肯，意思是他觉得送给人家可以，卖，不合适。老吕的老婆说，你要脸不要命，老吕说，人要是不要脸了，还活着干吗？吞枪算了。老吕旁边的战士听到一句吞枪，立刻插嘴，说你们知道五连的王维信为什么吞枪自杀吗？不是因为他训练成绩垫底，他在县里的洗浴城认识一个小服务员，说是他的初恋。一直给人家发短信，都是人家男朋友给回的，除了标点符号，没一个字是干净的。老吕的老婆拨开老吕，跟说话的战士干了一瓶，说以后连队再有人遇到这事，连长指导员就把发头春的小战士领到县上，找俩小姐开个房，去几次他就知道女人怎么回事了。

连长赶紧找老吕碰杯，说嫂子真实在。吃完串串，老吕的老婆站起来问谁欠了老吕钱没还，去指导员那里登记一下，拿不出现钱的从复员费里扣。谁要足贴，可以打开微信扫二维码。那晚老吕一手握着一个酒瓶，一手抱着一只小羊羔，进屋时哭了。老吕的老婆说，等挣钱了，我买个脑子给你。老吕低着头，掰开羊羔的嘴给它喂酒。自言自语，说我请你喝酒，你早点还钱啊。

每年休假回去，老吕都吵吵要钱，去跟战友合伙搞这个养殖，搞那个入股开饭店，只出不进。老吕的老婆说，当兵的哪根筋都比正常人粗些，就是少一根。

有一回，伍振跟我讲他战友都在炒纸黄金、炒石油，赚了钱。说的那会儿，他已经把钱打给战友。那一次老吕也跟进了，又赔上半年工资。

老吕的老婆打电话给连长，说这些牲口咋不上街抢去呢？欺负部队的老实人，国家不管吗？老吕的老婆跟连长说，连队应该花钱请几个懂理财的人给他们开个课，就这个智商走上社会，他娘都会饿死。连长说嫂子你别激动，我妈不是当兵的，也被人骗，咱的钱从人民中来，也会回到人民中去。老吕的老婆说，你从你妈那里钻出来的，你还钻回去吗？

到今年回家，听一个做保健品的战友说现在养生很时髦，市场潜力大。老吕听了兴奋，回连队就请农林局的万副局长吃饭，说以后合伙搞药材种植。

老吕的老婆说，老吕给她写过血书，发誓再也不会炒股、投资、借钱给别人。发誓不再做脱了军装做老板的梦。

她说那一次她和老吕都哭了，跪在地上互相磕头。老吕求她相信自己早晚挣大钱，老吕的老婆说好啊，等着你烧给我。

我很理解老吕事与愿违的努力，他越想赚钱，钱越没得快。我越想好好守住和伍振的感情，越是离他更远。顺其自然，不对。人为去改变什么，还是不对。

你也认为我没本事。老吕说。

我没这么想。我说。

我又不是故意的！老吕说。这个社会病了，我跟你说你要记住，是这个社会有病了。人跟人来回传染……所有人都有病，你没有病吗？

昨天指导员找我，找我谈话。老吕说。要我做好思想准备。我说早就准备好了，谁也不能在部队一辈子，我不会给你们找麻烦……我不能说还没有做好准备，前几年我就开始准备，一直做准备，就是不成功。跟要小孩一样，准备了几年，它不来我有什么办法？

他爬进了路边的草丛，用呼求什么的目光看着我，朝我招手。

来，来坐一坐。老吕说。

伍振说他本以为老吕会报五期。老吕这次休假回来，当天晚上就找伍振喝酒，又喝哭了。他说给兄弟们带了一箱子特产，在火车站，有个和他一块下车的老乡看他拿了三件行李，说帮他提一下。出站时忽然拖着那件行李跑了。老吕拔腿去追，转身被自己拉着的行李箱轮子绊倒。老吕说，提不成，废物毯子一个了。

老吕屈膝抱起双腿，下巴枕在胳膊上。一架摩托车飙过，车灯照在尘雾上，光迹哀郁。大路浸浴在银河的柔光中，恣意漂游的夜风持续深入地蚀坏石块。

这个时候，我本来已经回到连队招待室，和伍振一起解决我即将说出口的那件事。可现在，我和老吕坐在路边的草窠里，回去的时间一再延宕。

老吕掏出手机看了一眼。说，没电了哎，这走到哪里了？赛力克以前住的地方吗？

老吕看我，我摇头。

你知道赛力克吗？

听伍振讲过。我说。

那是好多年前了，那时老吕刚套上二期士官，在界碑站岗，经常碰到人没带证件要硬闯。有一天，一辆小轿车开到岗哨跟前，司机摇下玻璃说他要带客人去界碑看看。老吕问他要证件，司机说没有，老吕说没证件不让进，违反边界管理规定是犯法的。那人听了跳下车，说你们几只狗，狗毛不长还把眼睛挡掉了吗？好好看一看车牌。

这时赛力克骑着一匹刚和游客照过相的灰色大马走过来。人群退向两侧，为他闪开一条道。赛力克走到那辆车跟前，扬臂勒起缰绳。马匹前蹄踏在车前盖上，留下两个奶茶碗大的坑。这是我的朋友。赛力克说。不要欺负他。

后来一个陕西过来贩皮子的女人，把赛力克带去了口里。过了四年，赛力克一个人回来了。他去连队帮炊事班宰羊，讲他在北京摆摊子卖熊皮，在济南盖小洋楼。在广州医院楼上楼下地搬尸体，他朋友给他喝胞衣泡的酒，他带着一壶去了河南安阳加工秀玉的工厂，把那边的玉又卖回了新疆的巴扎。

赛力克最早把假毛皮当真毛皮卖。有人花将近上万块从他手里买走一条假的雪狐皮。别人说他黑，他就笑，说这每天不都是傻子买，傻子卖，还有傻子在等待？后来卖假皮子的多了，他又卖药酒。赛力克的朋友源源不断，他是当地小孩在梦里自己长大后的样子。直到有一个蒙古老头喝了赛力克的虎骨酒吐血，过后死了。朋友们安慰赛力克，说这只是压垮这个老酒鬼的最后一根稻草。但是赛力克向真主的忏悔很快传开，他的虎骨酒就是牦牛骨头泡兑了水的甲醇。原先四面八方的朋友再次散开。赛力克不再去连队帮忙宰羊。

老吕说，赛力克三岁骑马，五岁就可以扛着枪跟他爹去打松鼠，随随便便一天打六只，一只能卖两块五毛钱。他跟着他妈去哈熊沟挖虫草，一天挖了四十多根，四毛钱一根卖掉……

现在。老吕说。虫草都卖到十块钱一根了，湿的一公斤一万二，干的一公斤三万六，要是那几年新疆旅游火的时候他没走，早就大发了！他和我说，后悔去了口里，一个算命的人告诉他，财运找你的时候你躲了，它不会再来第二次。他说他以为抓住了好机会，结果病越得越多，钱越挣越少。

老吕支起一只胳膊坐着。说，哎，我们都不会挣钱，我知道。

刚当班长的时候。老吕说。跟着我们团的参谋长去山里抓人，那天抓了三个女的，六个男的。从一个女的身上搜出一本日记，本子上写了她每天挖了几根，还要再挖多少根，就可以给爸爸买什么什么药了。我看了很难过。参谋长问他们为什么要挖虫草，有个人说，如果我生活得很安逸，要是家里的小孩不愁吃穿，我有必要大老远跑过来，躲躲藏藏，去挖这些吗？何况卖不了几个钱。参谋长就跟我们说，看看，你们能当上兵多好……

老吕说，我和兄弟们很少谈钱，很少说这些。钱怎么来的，谁知道啊，钱怎么没的……没了就没了。

老吕说不下去了，把视线投在月亮的瞳眸里。

昨天和伍振去水电站的路上，他带我绕道上了五号界碑，指着哈国地界的白色墓冢给我看。

连里的人，游客和导游，包括村里的人。伍振说。他们都说那是将军墓，打仗牺牲的，吕班说不是这么回事，赛力克知道真正的将军墓的故事。

知道那些有什么用呢？我问。

没用啊。伍振垂下眼帘，老实地说。

你不想知道别人不知道的吗？他说。

他欣然望向远处的疣枝桦林，拉起我的手。说，你看他们的国旗，那个，蓝色的。下头是一只鹰，上头那个半圆形的东西是什么？

什么？

你能看出来那是毡房顶子吗？

我握紧他的手。

伍振曾夜里来电话，说几天前在巡逻点，带去的食物吃完了，喝了两天面糊糊。他徒步进山找野菜，在河边看见一具人骨。他说得血气上涌，全然没有听见我身边那个人的鼻息。

来之前做了个梦，醒来我和母亲说不想打掉小孩。母亲说她出去散步，想一想。回来时喝了酒，我去扶她，被她抽了四个嘴巴。第二天一早醒来父亲问她，她说不记得了。

那时我想向伍振讲明。一五一十地。

现在，我不想再提了。伍振不会知道我有过别人的小孩。那些背着他的龃龉。我同情老吕，也同情伍振。一旦有了同情，就很难离开。

你回吧，我走不动了。老吕挥挥手，拨开身后的一丛飞廉，背对大路躺下了。

第二天下午，阳光照透了铁列克提乡。蝇蚊抖擞翅翼，大胆地将腿与腹贴在新炸的包尔萨克上。

老吕捏着一块馓子去蘸玻璃碗里的萨热麦。他让我别再吃加蜜条了，来一块包尔萨克。

来北国之春旅社的路上，老吕踢到一只嵌进土路里的鞋底。他不走了，拿鞋尖将它从土里扒出来，鞋面朝上地踢到路边。

哈萨说了，把路中间翻了的鞋子正过来，以后的路越走越顺。老吕说。

女主人阿勒玛托着脸蛋，坐在石头上发呆，男老板苏红旗在两棵树之间来回走，梳理打结的渔网。河水冲刷石块的声音越过树丛，波浪似的涌进来。

捞到鱼了吗？老吕红红的眼睛盯着渔网，伸手去摸了摸。

二十几条吧。老板嘿嘿笑了。

你咋不告诉他多大一条呢？阿勒玛说。

老板笑眯眯地望了一眼年轻的妻子，继续低下头解线。

阿勒玛张开两根白胖的手指比画，说，只有他的屌那么长。

我命苦啊，天天在这里陪这个老家伙。阿勒玛捏起一小撮炒米，咯吱咯吱地嚼。

你够享福啦。老吕说。

天天抱着手机。老板说。啥活也不干，光上网买东西。

乡巴佬，心疼我花钱吗？阿勒玛说。

你还有意见吗？我够老实的了。老板说。

嗯，你在床上最老实。阿勒玛说。

你不要老是逛网店，安徽有个男的，他老婆老喜欢拿鼠标点一点，点一点，就拿起菜刀把他老婆的手剁掉了。老吕说。

阿勒玛噢唷——叫了一声，飞快地翘起食指塞住耳朵。

哎，你哎。阿勒玛说。你不要老讲这样可怕的事。

老吕亲昵地笑了。

唉，一天一天，没意思得很。阿勒玛说。

她扇乎着刷子似的黑睫毛，耸耸肩。坐下来继续咯吱咯吱地嚼手心里的炒米。

老吕喜欢和阿勒玛待在一起，就像阿勒玛在嫁给老板之前，老跟着赛力克。赛力克和女友离开村子去内地的时候，阿勒玛刚十九岁。她等着赛力克，等到他单着回来，等到赛力克一个人瘦成半个，不再卖皮子卖酒卖任何东西。赛力克那次进哈熊沟挖虫草，没再出来。阿勒玛绑了她养大的一只黑头羊羔去连队找指导员，求他们进山找人。指导员叫他一个老乡开着自己的车过来，陪阿勒玛几进哈熊沟。那个老乡就是阿勒玛现在的丈夫，样子像极了垮掉之后的赛力克。阿勒玛捡到了赛力克身体上飘下来的这块碎片。阿勒玛婚后一年多，伍振发现了赛力克。下葬那天，连队里认识赛力克的都去了。年轻的连长说赛力克肯定是自杀，被老吕在腰上捅了一拳，要他闭嘴。阿勒玛没有过去为赛力克站殡礼。那几天老乡们议论，说阿勒玛趁赛力克下葬之前拿走了一根肋骨。

为了娶阿勒玛，北国之春的老板卖掉在阿勒泰市的驾校，回江苏常州老家离了婚，开这小店与她做伴，只偶尔为禁止公款吃喝后生意冷清、阿勒玛不想要孩子感到焦虑。

附：赛力克口述的"将军墓"的故事

　　几十年前，苏联红军上台，一些沙皇的手下逃到白哈巴村。某天晚上，小孩们在街上打闹，看见几个男人牵着马走过来，说，小伙子们，你们愿意到山底下帮我们看马吗？我们要到山那边去一趟。如果早晨的时候，我们回来了，会分给你们财宝，如果我们没有回来，这些马就给你们牵走。这些人从类似供销社的地方买了几千发子弹，凌晨时分，孩子们在山脚下牵着马，看他们背着猎枪，翻过山去。对面有一个叫马特维耶夫卡的哨所，当时那个哨所的所长就叫马特维耶夫卡。过了一个多小时，枪声响了，又过了两个多小时，他们回来了。骑着马，扛着布匹，还赶来了一大群马。他们割开布匹，系起绳子把这些马拴住，拉回村里。过了一阵子，才知道当时那地方有一个少将在巡查工作，被这些人误打误撞给杀了。而那边的人，则说将军是在边境执行任务时

牺牲了，就地安葬。每年的五月二十三号，哈方会派人
来把坟墓刷上一层白漆，更换新国旗。

注：哈萨克语中的"阿勒玛"意即"苹果"。

河流

深夜，他贴在门上，敲门喊我名字。"我知道你在家。"他说，"我进去说两句，就两句话。"

我从门边退回床上。

那天上午，我到走廊尽头的办公室，把文件交给现在敲门的那个人。他翻阅文件，点明措辞不当处，提了更妥帖的字眼以备更换。纸页上端，他眉头不痛快地并向一起，手指甲在字下划出印子。

傍晚食堂，我端着饭盘找没人坐的桌了。同事站起来，在角落的小桌后面招我过去。桌上有个不认识的女人。一个小女孩在她膝前蹭来蹭去，嘴角沾着绿色糖渍。

"你对我没印象吧？"那女人扶正了脸上的金丝框眼镜，用熟人的语气问我。

"不好意思。"我回答她。

"我们都知道你。"她拉起同事的手，笑得亲切，"咱这没有不认识她的，对吧?"继而回过头，盯住我的脸说，"不少小伙子惦记你呢。"

同事向我作了介绍，我与那女人微笑示好。之后我动了筷子，她们俩滔滔不绝地说起话来，谁家要上了小孩，谁家流产了。

原来这是他的妻子。我低下头，拣出菜叶里的花椒粒。她都知道了吗? 不可能。我们之间并没有什么。

某样东西喷到了我腿上，我低下头。小女孩蹲在桌子底下，一只往外冒水的气球被她攥在手里。她注意到我，赶紧掰开母亲的膝盖，挤进胯间。气球被丢在地上，软软地抽动，向外吐水。

女人说她在山西运城的联通公司上班，端午节带孩子过来，听说分区调来一个姑娘，很多人给她牵线做媒。

各科室的领导、干事参谋的爱人，将我的讯息编成短信，发给不同年龄和身份的人。正式上班不到五个月，有男人打电话来，说愿意娶我。在食堂吃饭，常在对桌的手机里，翻看不同男人脱下军装，神色迥异的照片。不留姓名的人把特产存放在值班室，请我去取。因为不是每个介绍人都像孙参谋的爱人，会把对方姓名、出生年月、身高、工作、年收入、婚恋史、房产情况制作成excel表格，时间一长，我时常理不清他们的细节，会闹张冠李戴的笑话。但我将这些看成办公室人情交往的外围余波，尽量严谨以待。有人以为我是北京人，其实我家在河北。这两年，母亲常转发微信朋友圈里北京会扩都至高碑店的消息。电话里，她嘱咐我模棱两可地介绍家庭和父母工作，说家在北京也未尝不可。

这女人说，她有一个表侄在团里二连当指导员，二十六岁，样貌端正，孝顺、有才干，一直找不到合适的对象，家里担心拖下去更难找。她想撮合我们。

我就是在你这么大岁数结的婚。她说。结婚之前，就在公公家看了几张照片，俩人打了一年的电话才见上面。他们的女儿捏起餐盘里吃剩的米粒放在嘴边，瞪着我，使劲对它们吹气。接着回过身，踮脚拉住母亲的耳轮向内折，好像不想让她听到某件事。

见到他妻子那刻，我脑中竟全找不见一丝和他越轨的确切信息。频繁的通话与适当的见面之间，他没有讲过一句能抓得住的谎话。

敲门声停了。我闭上眼，脑子里，他的脸跟那个孩子一样，带有了妻子的部分轮廓，提醒着他的出处。

几天之后，我和同事还有他的妻子再次坐到一张桌前。我接过她的手机，看她侄儿的照片。喀纳斯湖的观鱼台前，一张娃娃脸被墨镜遮去一半，臂膀和迷彩背心里露出的前胸在反光。我的手指再向后滑，他的脸出现在指腹下端，头戴纸王冠，在插着"3""5"两支数字蜡烛的蛋糕前，搂着女儿爽朗大笑。

我递回手机。说下个礼拜要去连队办事，会见到这位指导员，我愿意和他多聊聊。她接过手机，神色惊喜。

"您女儿呢？"我问她，"今天没过来吃饭？"

"她爸爸带她吃去了，退伍的战友打了只红嘴雁。"她说。

车子在开往扎玛纳什的路上激起黄土和碎石，百米外的尘雾中，看见连队大门外路边立着人影。

车子刚停稳，肖指导员小跑过来开车门，与我握手。说，"欢迎欢迎，您来我们连，是我们连的喜事。"说完动手去摘我肩上的背包。本人比照片黑得多。

我跳下车，说，"您脸色这么难看，还说是喜事么。"

他笑了一声，连连点头。说，"喜事喜事，您的光临让我们蓬荜生辉。"

他差人将我的背包送回连部，带我绕着营房溜达。哨楼底下，我摸出兜里的软雪莲递给他。他惊奇地看我，"您抽烟吗？"

"给你拿的。"我说。

他拆开烟盒，拿出一根来夹在指间。俩人一摸兜，都没带火。

他低下头望着泥巴地里的一只脚印，捏着那根烟搓揉。"听我姑说，您在首都念的大学，在人民大会堂听过报告呢。"

"是的。"我说，"就一次。"

"我姑嘱咐我多向您学习。"他说。

他跟我打听他两个同年兵最近在团里忙什么，我把知道的讲给他听。他聆听的表情让我想起大学时在学术报告厅，抬头就能看见抢坐在第一排的学生凝视老师的眼神。

他说前天宣保科长给他打电话，要派人来连队收集文章，他知道我会过来，可闹不清到底要什么样的文章。

"北京一家部队杂志打电话到分区约稿。"我说，"问机关和连队有没有人在写东西，小说、散文、报告文学什么都行，他们杂志可以集中发表。"

他听了很惊讶，"写这些东西，领导也给算成绩吗？"

"领导让弄的，应该算吧。"

"不会是诈我们，看我们是不是在底下搞小动作吧？"

我看了他一眼，发现他没有在开玩笑。

"不知道。"我说。

"其他连队给您稿子了吗？"他问。

"还没有。"我说。

"哦……那我们连队没人搞这些。"

"最近我们在修靶场，每天还有训练任务……没人有工夫搞这些。"他说。

"还是问问吧。"我说。

他点着头，将拿烟的手插进口袋。抽出手来时，烟跟着滑出来掉到地上。他想去捡，弯腰时没站住，一脚踩在烟上。他挪开脚，捡起那根烟揣回口袋。

"我感觉这是个挺好的机会啊。"他说，"您怎么不写一篇？"

"最近几个会的材料还没写完。"我说。

"我能提供一些事迹和素材。"他还在积极地建议，"多写一点字数发表，领导很重视版面的。"

我听着，陡然把头调转到与他相反的方向。

送我到接待室门口，肖指导员回了连部。我推门进去，发觉根本睁不开眼睛。强光堆满了房间。客厅像一间化学实验室。茶几上摆着四个骨碟，盛满切成方块的哈密瓜、西瓜、无核白和几根乳黄瓜。保鲜膜粘在盘沿儿上。

办公桌上摆着两瓶撕去标签的赭黄色果汁，一沓没印抬头的格子稿纸，两支留出一厘米铅芯的手削铅笔，一块新橡皮。里屋，白色被褥绷在双人大床上。

我转回客厅拉上窗帘，穿着鞋躺进沙发。嘴里又酸又涩，想吃点什么压压胃，也只是想了想。

门开了条缝，肖指导员侧进来半个身子。"余干事，您看还需要点什么？"我坐起来。说什么也不缺了，请他进来坐。

我跟他说，去了那么多连队，头一回像住进宾馆。

"肯定比宾馆干净。"他说。"前几天听我姑说您要来，那里头房间的地板，我都没让通讯员弄，我自己去打了桶水，先拿钢丝球沾着洗洁精擦，再用干净拖把拖了两遍。床上铺的盖的，我也让通讯员倒了消毒液洗的。"

我看着他笑起来。他在我的笑声中不明就里地摊了下手，并起双腿。

"别紧张。"我说。

"您来我不紧张。"他说，"以前有大领导来，都得提前打听好人家叫啥，床单被罩缝上名字，不管住几天，怎么洗怎么晒，谁的就是谁的。"他吸了下鼻子，背挺得像草耙子杆。说，"可惜领导不怎么来我们连。"

我问他找到写东西的人没有？他说等待会儿吃饭集合的时候问问。

"您再休息会儿，开饭了我来叫您。"他说着，轻手轻脚地搬开座椅，走出屋子。

进饭堂时，肖指导员紧跟在后。说他刚才问了，确实没有战士在写这些，问我怎么办？要不然他组织战士下午在会议室集合，现场写。可是最近修靶场的任务特别重，连长每天带着他们从早干到晚，怕赶不上交工检查的时间。而且……

"那就算了。"我说。

"等您午休起来，我带您去村民家里坐坐吧，尝尝烤羊肉。现在草长得好，羊也肥……"

"下午请几个人来座谈，聊聊天吧。"我说。

"聊天？"他把脸对准我，好像嗅到了一个敌人。

"聊聊大家的生活。"我说，"也算是收集素材。"

"您打算亲自动笔吗？"他兴奋地搓起手，"我一定全力保障。"

我们在靠窗的饭桌前坐下来。桌上摆了十盘炒菜，三碟面食。

他指着一种象棋似的小麦色油饼，说这是为了欢迎我，特意让炊事员做的沙棘油泥饼，做糕点的面饼铛还是他从老家背过来的。他一边说，一边把他近前的荤菜换到我跟前。

吃到一半，连长来了。迷彩服上全是土。一手端着饭盒盖子，一手拿着馒头，一脚跨进长条凳。饭盒盖子上盛着青色的剁辣椒，拌了酱油醋。我看着他坐下，问能不能吃点儿他的辣子。连长拨走我脸前的冬菇鸡，饭盒盖子往前一推。"吃吧。"连长说。

肖指导员放下筷子望着我，说，"这些菜不好吃吗？没有您爱吃的？"

"挺好的。"我说。

"太对不起了。"他说，"我应该先问您想吃什么，要不叫他们再多切几根辣子来……"

"吃吃吃，想吃什么吃什么。"连长在一堆盘子上挥挥筷子，他被连长的胳膊肘捣得一晃，一根筷子掉到地上。

连长腾出拿馒头的手，从机要参谋手里抽出一根筷子给他。

他接过筷子放下。站起来问我，"您还要饭么？"

机要参谋把剩下的一根筷子敲在他手上。说，"要饭也是你去啊。"

午休时，我在连部门前敲了半天，没人来开。走廊对面的门"嘭"地被推开，一个士官穿着秋裤，满头乱发，从屋里跳出来。说，"你去二楼吧，他在值班室。"

隔着值班室门上的透气玻璃，他背对我趴在桌上睡熟了。俩手环抱肩膀，下巴枕在胳膊上，后背鼓起来又塌下去。是一个皮肉紧张、精神疲沓的背影。

下午，肖指导员照我说的，叫了三个士官和三个战士到会议室和我座谈。桌椅上方，喷洒了过量的栀子花味的空气清新剂。我向在长桌对面的几个人说，待会儿就是闲聊，聊什么都可以。我刚说完，他插话进来补充。介绍我是分区机关的干事，这回来征稿的同时，了解下各个连队的精神面貌，希望大家能多说说身边的好人好事。

"就是让我们夸你呗。"一个三期士官拿大拇指揉着眼睛说。

"我希望能让余干事，看到咱们闪光的一面。"他说。

大家坐在那里你推我我推你地笑，我叫那个笑声最大的士官先说两句。他撸起袖子东看西看，一只手遮着下巴噗噗地笑。突然坐他旁边的一个战士跳起来去掰他的嘴，大声说，"余干事，你看他的牙！快看！"

几个人爆发了极大的笑声，那个士官挣脱了双手捂住嘴，佝着背骂娘。

过会儿他松开两手，搓了把脸。说，"既然余干事都看见了，那就讲一讲，我这两颗门牙是怎么搞坏的吧。"

他说自己以前是军犬饲养员，养的犬退役了，就改行去当连队的马倌。有一天，他们骑马巡逻。他的马走在路上，被身后的拖拉机惊到了，于是掉转方向，朝前边一座山头冲过去。他手里的缰绳一下甩了出去，人也跟着飞出去，在空中旋转了几圈摔回地上。那匹马紧擦着崖壁冲过去，要是当时他还在马上，脑袋就给掀掉了。连长跑过去扶他起来，发现他嘴里有血，问他有没有事。他刚一张嘴，摔断的门牙就掉了出来。

豁牙说着，肖指导员抱起脚边的热水瓶走过来。往我满着的杯子里加水。接着绕到会议桌当头，又拉开椅子坐了下来。

"放开说，继续当我不存在。"他说。

"可我们能看见你啊。"豁牙说。

"没事的。"他抄起胳膊望着我。

豁牙闭嘴不说了。很长时间，屋内没有声音。肖指导员咳嗽了几次，动了动背，说，"那就我来讲一讲，我每次登上哨楼的感觉吧。"

"我跟他们不一样。"他说，"每回上哨楼，我都有那种风飘飘而吹衣的感觉，站到那里来了一阵风，还是从西伯利亚吹来的风，心里就想大吼，登高而舒啸，像古人那样的，用诗歌抒情，把对祖国、对边防的感情，一股脑地表达出来。"

大家笑笑，头埋着，默不作声地玩指甲。电台台长捏着自己的双下巴，漫不经心，嘎巴嘎巴撮响指。

我跟他们解释，说我们现在不是搞调查，也不是采集新闻，就是想大家坐在一起，聊些平日里的生活。

"红红，你说。"电台台长指着一个长得像天津泥人的男孩，"他是我们连队的小人才，会修锅炉、维修电站，牧民的摩托车坏了都来找他，他最能吹了。"

"红红！"豁牙叫喊着抓住红红的手臂举起来，"快！说说为什么叫你红红？"

大家轰然大笑。

"为什么叫你红红？"我问他。

"因为我脸上这两块高原红。"红红指了指脸颊，"青海好多人都这样，又不只有我！"红红叫起来。

"小时候被电打了！"一个人说。

"红红，你以前学维修的么？"我问。

"不是。"红红说。

"入伍之前你是做什么的？"我问他。

"我能说我以前的事么？"红红看了一眼指导员。

"说吧！好好说。"指导员对红红竖起大拇指。

"我在家的时候，刚开始是上学。"红红说，"后来感觉上学一天天的，上课下课无聊得很。我就跟我妈说，给我弄几只羊，我放羊去。我妈不给，还要我去上学。我们家离学校七八公里，我每天就骑单车跑去别的地方玩。我妈知道以后去找我，说给你一百只羊，你放羊去吧。当时为了我上初中，我爸妈把羊都卖了，这次听我说想放羊，又买回来了。我们那里，山上一家一家的，隔着很远。我爸妈不放心，每天陪着我去放羊。我放了两天羊，感觉放羊也很没意思。"

红红停住嘴，问是不是太没意思了。他们都起哄，说有意思，要他快说。

红红又看了一眼肖指导员，肖指导员说，"你继续说。"

"听人家说，大城市有意思。"红红接着讲，"我就跟我妈说，把羊卖了吧，我不放羊了，我要去打工。我爸亲弟兄多，有十一个。我第一次打工就去的我一个叔叔那里，他包了财经学院的食堂。在食堂干了两个月，学校放假了。正好我姐夫在开面馆，就叫我过去学拉面。"

红红讲他刚到面馆时，每天帮面匠拉个面、前台收个钱，日子很悠闲。过了两个月，他姐夫就把面馆扔给了他，自己在外面玩。他又要收钱，又要管理店里的服务员，忙得腿肚子发胀。有天晚上，一个人来吃面，等得久了点，就开始骂人，摔了筷子筒说要砸店。

面匠师傅跑出来，把那人拖到后厨，俩人从店里打到店外大街上。红红赶紧跑到街道派出所报警，警察说知道了，让他回去等着。红红跑回去等了几分钟，才想起打电话给姐夫。姐夫说他马上给认识的警察打电话，告诉红红不要着慌，会摆平的。挂上电话不久，就在面匠刚把那人打得爬不起来时，过来一个警察了解情况，之后两边各说了几句，把打架、围观的人打发散了。

那件事以后，红红还是在面馆干活，姐夫还是开着广本SUV在职专外头钓小姑娘。姐夫说，现在一条街的人都知道咱的面匠很能打，不会有人再来惹事。有一天，一个女孩来店里，跟红红说想找个活干。红红看她长得挺白，声音也好听，就问了姐夫，把她留下了。过了一个星期，她和面匠搞起了对象。

听到这里，豁牙噗噗地笑，说红红不如面匠下手快。坐他旁边的一个士官让他快捂住嘴，别漏风吹跑了红红。

"有一天。"红红说，"我们店里另一个女孩去网吧送面，回来的时候跟我说，看见网吧门口贴了一个寻人启事，找的就是这个和面匠好的女孩子。我问她看错了没有，她就带我去看。我看了，真的是她。可是我不知道该不该打上面留的电话……"

"你不知道这是人命关天的大事吗？"肖指导员说。

"那指导员，我还说不说了？"红红问。

"说……快说……"他们催着红红赶紧讲。

肖指导员朝红红点点头。

"你们想不到，就在那天晚上，那个女孩子的父母到我们店来吃饭。"红红说，"那女孩子的父母手里拿着一张纸，我不知道那就是寻人启事。正好那个女孩子端着面出来，碰上了。一下子，全家人哭得稀里哗啦的，哭了差不多一个小时吧，她父母就开始感谢我们，给我们买了好多东西，我们都没要。我感觉挺对不起这个女孩子的，给人家找了份工作，就是让人家洗碗。这个女孩子，当时跟着父母走了。没过两天，她父母又追回来，把我们的面匠打了一顿，然后把面匠带走了。从那以后，姐夫叫我去拉面，每天七点半起床，拉到晚上。我这辈子都不想碰面粉了。还有一些来吃饭的客人，坐下就开始骂社会。他们每天坐在那里瞎说，特别没意思。"

"哎！"豁牙叫起来，"他们把面匠带去哪啦？"

"他们逼他娶了那个女孩。"红红说，"刚结婚的时候，面匠还来店里找我们玩，说那个女的脑子有毛病，为了打架的时候抠他，故意留了很长的指甲。后来，有个同学来找我，要我回去跟他发财，我就回老家了。"

肖指导员咳了一声。红红停下来。

"余干事。"肖指导员说，"他们说的这些没有用吧？要不让红红说说连队建设，讲一讲他们怎么帮牧民救火的？"

"我马上就要说为什么我会来当兵了。"红红认真地掰着手指头。

"那你快点说。"肖指导员对红红挥了下手。

红红说，"我们那个县，很多人是靠偷矿石吃饭的。你们记不记得毛主席坐过的那个车？死沉死沉，敞篷的那个。这车在我们县最多了，基本上，三四家就有一辆。那个车皮实耐用，一般开这种车的人，就是偷矿石的。"

红红讲，头一回偷矿石，他才十八岁。跟着同学去爬四千多米高的山，爬头一个坡，途中就休息了十几次。翻过山，他们进了一个已经废弃的矿捡矿石。前两次，红红拿着大米袋子装矿石，到山下一共卖了五千多块钱。打工四五年了，这是头一回挣那么多钱。后来，红红听人劝说，换了更大的，路边卖两块钱一个的尿素袋子。也不在废矿上挖了，转去有保安值班的地方挖。红红同学觉得不保险，没有跟过去，剩下红红和几个三十多岁的人继续做事。

有天晚上，红红他们去了一个矿，每人装了一袋子背在身上，爬山的时候，手跟脚同时在土里刨。其中一个人说，山上有个临时派出所，他们有枪，而且最近比较活跃。说话的时候，他们都没发觉，矿里的保安已经看见他们，报告了派出所。他们刚爬上山头，山底下就有手电筒照上来，听见有人喊了一声"不要跑"！他们马上扔掉袋子，撒开了往前跑，只有红红舍不得扔掉袋子，落在了队尾。

红红语速快起来。

"警察对天开了一枪，说不要跑！"红红说，"我还在跑，他们又开了一枪。我吓得跑不动了，赶快趴进一条沟里。我那些哥以为我中枪了，不跑了，警察以为打中了，也不喊了。等了好久好久，我感觉大家都熬不住了，都想走了，就听见山坡上下来了人，是我两个哥。一看我没死，还背着袋子，就骂我，把袋子扯下来，拽起我走了。"

"你以后再也不敢做这种事了吧？"指导员说。

红红摇摇头。说有了那次经历以后，胆子大多了，因为知道警察不会瞄准人开枪。

红红讲有一次他们冲到矿里抢矿石，五个保安只看见门口站着三个放哨的，等追进去，立刻被里头四十几个人围住了，挨了一顿揍。没过多久，派出所拉了紧急，带着冲锋枪上来，追着他们往山里跑。他们跑累了，原地休息一下，听见枪响又开始跑，一口气跑过三四座山。后来山下又过来三辆车，下来十几个穿着黑衣服的人也进山围堵他们。从晚上一直到第二天中午，两边都跑不动了。他们和警察只隔着一座山，警察在那边山头上喊，你们过来，红红这边就喊，你们过来。

开始时，红红这边有四十几个人，最后只剩下几个人。大部分是实在跑不动了，随便往地上一躺，等人来抓。

那一次。红红说。我真是跑够了，我想找个工作，天天追着别人跑。我跟家里一说，我爸就去找了朋友，人家说，警察不好弄，就送我来当了兵。当兵以后，印象最深的是有一次，牧民说看到有挖虫草的准备越境，连长就带我们骑着马赶过去。那些人看到我们就开始跑，我们在后头追，叫他们不要跑，不然开枪了。我在马背上追着追着，竟然哭了。咋说呢……吓了我一跳。

"吓哭了啊？！"豁牙嚷起来，"你哭个毛线？！"

"不是吓的。"红红眨着眼睛安静下来。

"余干事。"肖指导员叫我，"红红是我们连很能干的兵，他还小，不知道什么时候说什么话，他说的你别写。"

"可以写！"豁牙说，"红红愿意出名呢！"

红红脸红了，跟豁牙说你别老叫我说，你怎么不说，你干吗来当兵。

豁牙说，"爷爷做事不喜欢解释。"

其余几个人都怂恿他说。

"老子不想说。"他说。

"那讲讲你的感情，恋爱什么的吧。"我说。

"你想听爱情故事吗？"豁牙问。

"你的恋爱和你来当兵有关系吗？"肖指导员问。

豁牙困惑地摇头，"我不知道，可能有关系吧。"

"而且我也不晓得那算不算什么，那个什么……"豁牙搔了搔后脑瓢，声调清晰起来。

豁牙说，"我当年是混舞厅的，晚上去场子表演，白天教几个学生跳舞。有次喝了酒和一拨人干起来了，一个人拿着碎酒瓶子朝我冲过来，是我一个学生替我挡了，一个十九岁的女孩子，割伤了腿。伤好了以后，腿瘸了，我给她送过钱，她不要……"

"然后你就娶了她？"肖指导员问。

"没娶。"

"这就完了？"电台台长问他。

"有另外一个女的，我是想说她。"豁牙说。

他说那次以后他还是喜欢混。有天晚上，在舞厅演完节目，他准备骑摩托回家，一个驻唱的女的叫住他，要搭他的车回去。他让她上了车。开到女人家楼下，那女的喊他上楼坐一会儿，那天他困了，就没上去。过了好多天，有两个警察来找他。问他最后见那个唱歌的女的是什么时候。

"我知道，肯定出事了。"豁牙说，"我就问警察，那女的怎么了，警察告诉我，说这女的被人捅了十六刀，扔进了河里。根据死亡时间，我是最后一个见到被害人的嫌疑人。我一下就急了，跟他们说，我没杀人，我是好人。

"有一个警察就说，你要是好人，为什么去年改了名字？其实警察早就开始查我了。他们去家里找我，我爸过世好多年了，只有我后妈在家，她不知道我改名字了，就跟警察说不认识这个人。然后警察问她我人品怎么样，她说还可以，就是喜欢打架。这下我解释不清了，我说改名字和杀人有什么关系呢？可是警察觉得有。我后妈也觉得我很奇怪，为什么要改名字，改了还不告诉她。这些事情，真的不好解释。

"后来总算警察破案了，是那个女的老公，在外头找了个小的，想要跟她离婚，她不肯，那个小的就过来把她杀了。那个唱歌的女的老家不在这边，什么亲戚都联系不上，警察就说，既然她是你朋友，你去把尸体领走吧。

"那天他们把我从派出所放出来，我心情特别好，坐着我朋友的摩托车去医院，一路上，我们俩还在唱歌、骂娘。到了太平间，一个人拉开柜子让我们去看，认一下是不是本人。我过去看了一眼，跟医生说，不对，你们搞错了，这不是我朋友。医生要我过去再看一眼，看仔细一点，我就又过去看了一眼。

"不是，我跟那个人说，真的不是。我朋友很漂亮的，白白的，头发长长的，身材很好，你看看这里这个人，光头，皮肤很黑，很壮，还穿了一件皮夹克。

"那个人说，哎，你看清楚一点，这不是皮夹克，是缝伤口的线，她被推到水里泡了两天，肯定不会是原来的大小啊，头发呢，解剖的时候剃掉了。"

豁牙讲，这个女人以前带他去一个酒店跑场子，为企业周年庆跳舞热场。上台之前，豁牙去厕所，出来时被两个酒店保安架到了保卫室。屋里站着四个男人，掏出证件给他看，全是警察。

警察要豁牙交待学法轮功几年了，豁牙说真冤枉，我不信那个。一个警察指指豁牙脖子上的挂件，说，既然不信教，为什么戴一条这样的东西。豁牙低头一看，脖子上挂了一串佛珠项链，项链上有一个佛印吊坠，刻斜溜了，跟法轮功的标志一样。豁牙说，这是我朋友送的，佛祖保平安的，真不是别的什么。

"当时，我跟他们在那里解释。"豁牙说，"那个唱歌的女的就去找人，找到人武部一个什么官出面保了我。她一直跟警察说我老实、人品好，讲了好多我自己都不知道的优点。"

豁牙处在一个外人无可了解的内心图式中。神色异常温柔。

"虽然。"豁牙说，"我说了半天，发现说的和余干事的要求不沾边，和我当兵也没毛关系。我就是喜欢部队，说要干啥就干啥。老子真的烦啰唆。"说完，豁牙噼啪噼啪地狂拍了一通桌子。

"指导员，您也给我们讲个故事吧。"红红捧着腮帮说。

"我没有故事。"他嘟囔道，捏着手里的笔帽，一下一下地戳着摊开的记录本。

身侧，水泥色的雾霭卷成柱状体，从山腰上翻滚而下，压在山洼里一排木头屋子的房顶上。强风摇撼门窗。大家兴奋起来，说豁牙刚才一顿乱喷，老天爷要来收他了。大家乱说乱笑，爬到窗台上去关窗户、摆座椅，收走桌上的茶杯。走廊上，有人喤喤喤地敲脸盆，怒吼着你点燃了爷爷的激情！

大伙儿在肖指导员旁边来来回回，他坐在那里，神态索然。我站起来，端着深褐色的茶水从他身边走过。

回到接待室，坐下脱了鞋。肖指导员在屋外敲门，问能不能进来。我蹬上鞋子，去给他开门。

他走进来，连连说着抱歉，下午没聊出什么有价值的，又说刚才和连长商量了，晚上或者明天再找几个人来座谈，他会提前跟他们讲清要求，一定比今天收获大。他说今天下午这些兵，有的岁数太小，没经验，有的快复员回家了，油了，说了很多不该说的。

"他们说得挺好。"我说。

"好吗？"他反问。

过会儿他忽然点头，"哦！我知道您要什么了。"

"你要写一篇和别人不一样的。"他说。

他讲去年冬天，中央台一位记者带队来连队拍短片，放到春节晚会上播。他们去了执勤点，拍一个班的战士巡逻。

当时他骑马带队，后头跟着七名战士。在雪地里来回骑行，骑过去一趟，记者说不行，再骑回来，还是不行。他就问记者，说您给个要求吧，我们应该怎么走？记者笑，只说还走得不够好。等再走一趟的时候，一个战士的马脚忽然滑了一下，幸亏他拉缰绳给拽住了。这时记者就在旁边大叫，说好！这条不错，快再来一遍！

"当时就明白过来了。"肖指导员说，"我叫他们往路边上不好走的地方靠一点，再走的时候，前头一个战士的马突然踩到一个雪窝子，马的两条前腿一下跪到地上，战士从马上摔下来，掉到雪里滚了两圈。那个记者就说，太好了！这条可以了！"

"您觉得普通的故事，不够吸引人对吧？"肖指导员看着我。

他盯着地板摇了摇头。"聊这一下午，我感觉没有任何收获。"

我把头靠在椅背上，看他的脚一下一下地踢着桌子下头的横档。

"牙齿缺了的那个士官，家是哪个地方的？"我问他。

"山东。"他说。

"他最会说大话了。"他慢吞吞地讲，"他的牙，不是他说的那样磕坏的。"

他说有一年老兵复员，在连队门口开欢送会。豁牙当时背着一面大鼓走在队列前头。唢呐一响，不少老兵掉了眼泪，他见了也跟着哭起来，忘了鼓点。吹号的老班长在后头踹了他一脚，说你敲鼓的怎么还不出动静？豁牙重心不稳往前一栽，牙齿磕在鼓背上，碰断了。

"这家伙和他媳妇都没说实话！一直说是摔马弄坏的。唉……"肖指导员摇摇头，"等老士官走完了，也没人知道怎么回事了。"

"那他说自己不解释的那些，那俩女人，是真的么？"我问。

"不知道，那些乱七八糟的事，要是我打死也不会说的。"他说着，弯腰从茶几旁边捡起一个什么东西，扔进了套着两层塑料袋的垃圾筐。

"你这个动作，叫我想起了霍尔果斯边防连的连长和指导员。"我说。

这时他已经在我对面的办公椅上坐了下来。

"你什么时候去的？"他问。

"上个月。"我说,"他们指导员刚做完阑尾炎手术,每天一瘸一拐地在院子里走。捡地上的东西。我问他捡了些什么,他说就是烟头。我说干吗捡这些?指导员就笑,说前任主官把大事都干完了,就剩下他们扔的烟头没人捡。"

"他们连抽红塔山吗?"

"嗯?"

"那是哪个连队啊……"他小声说。"全连都抽假的红塔山,有一个战士的老妈带了几条真红塔山上去给他们,他们抽了两口就扔掉了。"

说完,他带着童稚的神情往后靠在椅背上。望着天花板,舔他的牙齿。

"我有个亲戚,他以前在霍尔果斯。"他说,"零几年春节,首长去霍尔果斯慰问,和战士们聊科学发展观,有个士官说,科学发展观要求以人为本,首长您来看我们,就是最大的以人为本,首长一听就高兴了。我那个亲戚说,其实当时他也跟首长握了手、说了两句话,记者采访他,问他和首长握手是什么感觉,结果他说,首长的手像今麦郎弹面,特别筋道。"

他用手腕擦了下眼角,叹气。说,"今天聊天这几个人,跟我那个亲戚挺像的，不会把握机会，说话没有重点，一看就没有经常思考……"

"你经常思考么？"

"当然了。"

"思考什么呢？"

"比方说，这个反贪，我认为一要抓人，二要法治，三要思想建设。贪官越抓越少，是谓生灭，法制越来越严格，是谓教化，而培养这个恶有恶报的文化氛围，就是养成……一灭，二化，三养，就是我对控制事物发展的规律性总结……"

我低着头，在他的声音里出了神。

"我第一眼看到您。"他说，"就知道您不会喜欢我。"

他转向我坐着。

"其实结不结婚，我没所谓，结了婚也是这样，一个人。"他说。

"我们连长，很喜欢他媳妇。"他说，"他媳妇是搞测绘的，前两年有一次上山，在连队这里测绘道路，看中了连长。俩人结婚到现在，娃娃快两岁了。但是结婚以后，他媳妇一次也没来看过他。连长给她发照片，她打电话来骂了连长一顿，说干吗拍照用美颜。上个月连长过生日，接了个快递，他以为是媳妇寄来的，拆开一看，是团里寄的教育材料。本来感情很好，才一段时间就这样了，我猜是因为没话说。我们平时干的事，和你们不一样，跟你们说，你们听起来没意思，不想听。你愿意来看看我，我挺高兴的。而且你挺好的，他们说的那些事，你都耐心听完了。"

他走出屋时，窗外暴雨震耳欲聋。无边无际的雨柱抽打着这片低地，在地上激起大团絮状白雾。鄂什库喇蒙尔奇山如探出头来的水下异兽。万物泡在狞猛的水中，看起来热辣辣的。准噶尔盆地以北回到了五百万年之前。那时海水尚在，没有手机，不会响起敲门声。

来扎玛纳什的前两天，卫生队陈队长山西老家来了亲戚，团参谋长也刚接到调职任命，参谋长说干脆一起吃顿饭，把他和我也叫去了。饭桌上刚喝了两口汤，眼前的人和菜就虚了下来。这顿饭是个梦么？我想扔一只勺子过去，看对面的人是不是真的。

那晚散场后，在超市里推着购物车走在满满当当的货架之间，忽然像走在水底。我提醒自己，别把小罐头塞进兜里，别突然上前抱住某一个人。

　　有一回在绿岛饭店包厢里吃饭，他脱去帽子，指给我看他头顶上新栽的头发，说他妻子不想被同事看到他进了饭店包厢还戴着球帽。我拆开一袋扒鸡，揪下翅膀给他。他问我跟送扒鸡的人好了？我告诉他，这人刚刚订了婚。

　　他上山蹲点时，我会在电话里跟他说，有个男人吃过晚饭告诉我，我们之间是生活与生存的区别。一个男孩在父亲被纪检委带走后的两天与我见面，他在深夜发来信息：人生令人厌恶，只是尽力找到平衡点就是，实在找不到，就随他妈的便吧，也没什么。还有一个士官，有次喂马站得太近，他的嘴唇被马咬掉一块，连队的军医帮他缝起来以后，那块肉没了知觉，与人亲吻时他感觉不到什么。

　　"那个人的意思是你们俩谁生存，谁生活呢？"他的声音在耳边浮动，像一阵细涌。为了维护这段关系带来的情感强度，需要时时可以谈论的话题。就像今天下午的矿山、歌手和面匠，以及和他家侄子之间的细微瓜葛。与相亲者无话找话的饭间交谈，在讨好和冷淡应对之间的信息来往，以及那些刻意打听来的人生风物断片，支援着我与他平白自然、安全无虞地言及情感和彼此窥看。弥补他与妻子勉力所不能及的生活。只要我不用一段确凿的关系喊停，他就会轻声细气地和我说下去。

我知晓了长期以来，愿意在不同饭桌上与陌生人从一个盘子里夹菜，接受打量与盘问的缘由。就在他那晚松开敲门的拳头，再无只言片语之后。

我站起来。窗外的雨水持续扑向它们的故土。迅若飘尘。

晚上，肖指导员带我去了齐巴尔希力克村一户牧民家里。他们削好肉、倒上酒，打开录音机跳舞。指导员双手举着羊肋骨，挡在脸前慢慢地啃。一个牧民过来搂住指导员，说你要是不跳，看我们这样就好像看傻子一样，大家一起跳，你们就会和我们一样，这么样的幸福。

指导员飞快地摇着头往后躲。说，"不用不用，不用了。"

走出牧民家，我们沿扎玛纳什河，向北边的1045高地散步。肖指导员指着旁边的一条水沟说，这条河流向额尔齐斯河，那是我们国家唯一一条流入北冰洋的河流。在他伸出的指头底下，那河流像大海退去，剩下的一点印子。

第二天吃过早饭，肖指导员送来一个锦盒。里头装着一枚灰紫色化石，断面上有三根蕨菜似的白色浮游生物。他说想带我去扎玛纳什河上的铁桥看看。我说刚才已和连长说好了，跟着他进山。他小声地问我，"是不是有招待不周的地方？"我连忙摆手，说，"没有，当然没有。"

走后一个礼拜，肖指导员发来一条短信，说政工网上发表了一篇他写的通讯，承蒙与我的相处，给他前所未有的启发。

某天早晨，一封通报发到各个办公室，大意是肖指导员带连队在翻修靶场时，老围墙倒塌，压死了两名战士。事关重大，务必严整纪律。我看了两位战士的名字，不是那天下午聊过的人。

中午食堂，他和科长在排队的人群里说话。科长问，"你那侄子怎么打算的？"他说，"这就不用再打算了。"

"你不是刚去过那个连队吗？"科长忽然回头问了我一句。

他侧过身来，注视着我偏过脸去。

那时我手机里还存着肖指导员在围墙倒了之前，儿童节发来的一条笑话——末尾附了祝童心常驻，快乐每天的话——

父亲在帽子里藏了一个鸡蛋，就去问小阿凡提，孩

子，你猜我帽子里藏着什么东西？小阿凡提说，爸爸，
请你先告诉我它的颜色好吗？爸爸说，外面是白色的，
里面是黄色的。小阿凡提回答道，爸爸，爸爸，我猜着
了，你在一把雪里插了一根胡萝卜啊。

高地与铲斗

在塔什库尔干，可以翻翻在山下看不进去的书。电视看久了头疼。在口里，人们走路很快。说话时离得远远的，语速也快。在塔县，人们常呆立在某地，像站着死逑了。男人们搂在一起交谈，一堆人在广阔的戈壁滩上头挨着头。一个人说："光想羊生崽子，奶子放坏掉了。"他身边的人点一下头，吸口烟，说，"啥样的车子呢？那个样子……"

半年前，塔县来了一家汉族人。父母和一个女儿。我去一分利超市买炒豌豆时见过她，又矮又瘦，像根被掐断的蒲公英秆。脸色发青，扁塌鼻梁上骑着一副黑框眼镜，小翘鼻头发红。说话细声细气。她和我面对面走过，彼此看了几眼，没说话。

"我想跟你打声招呼的。"黎娟日后说起来，"但是……"

后来，我又在一家卖卤鸡腿的小摊前碰到她，给她的卤鸡蛋付了钱。我们聊了起来。

黎娟带我进她的屋子，打开墙角的皮箱。里面堆满了花裙子。她拎起一件往我身上比画。

"你试试。"

"下次吧……"

她扔下裙子。

"来新疆以后很少穿裙子。"她踢掉布鞋，双腿往床上一盘，拧开一瓶"小五粮"。右手食指伸进左面牙床深处抠弄两下。

她是四川人，北京邮电大学毕业。同河北保定的男友本已做好了毕业到新疆旅游结婚的准备，却在论文答辩期间听闻他男友和世纪佳缘网站上一个女的擦出爱火。毕业后，她到北疆踩点旅行，又到南疆，在库尔勒的一个河畔村寨盘了个小店，供人住宿。

"你是带证的导游吗，还是啥？"她端着小盅，眯眼打量我。

"不是，单位的分部在这里。"

"你是新疆人？"

"不是。"

"哦……难怪你这么白。"她脸上有了笑容,"你在这几年了?"

"没几年。"

"看见过鹰么?"

"经常见。挺大的。"我说。

"老鹰啊……"她吁一口气,把瓶底一点酒倒进杯子。大概一个指头肚深,仰面喝光,手背拭抹两下嘴角,仰面平躺,"老鹰的窝就在砖厂后头的山里面,一大窝。他们喜欢老鹰,我喜欢这里的乌鸦,聪明得很,给它放瓶酒,它给你把盖盖打开。你给一包麻辣调料,它叼得来一口锅……"

屋外突然有人喊:"娟儿——"

"哎!我们在屋里——"她翻身爬起,直起身子喊。过会儿房门拉开一道缝。

"妈,你搞啥子,喝一口?"她递出盅子。

"不喝不喝……"女人连连摆手。高原日晒使她面色焦黄,脸颊红肿脱皮,留下像夜蛾身上暗色花纹般的印子。门很快闭紧。

"我妈喜欢热闹,不晓得为啥今天放不开。"她笑,"愁死人啰。"她脚步不稳地下床，光着脚走到窗边，打了个冷战。

那时，她在库尔勒村寨边盘下河边木屋后才知道，当地有个汉族司机垄断客源。她和他见了两面，仅有的几眼分别看到：皮肤毛孔粗大发红，疙里疙瘩、眉毛粗黑分散、肿眼泡。请他吃饭，他没要她掏钱，饭后把她送到家门口。之后，一周安排一拨客人在她那里睡。她不时爬上他的车闲聊几句，笑声虚假清脆。不经意拍打他的肩膀、手臂。他递给她一盒酸奶，看她吮吸吸管，只是毫不夸张地抿动嘴角，似笑非笑地把她从上到下来回打量。

她当时以为点到为止就算报答，不知这事也像当地人待客，谁先端起酒杯，就休想直着身子出去。何况这里不兴城里那套光说不练的唇舌暧昧——围着你转一圈抽两下鼻子，你不撒腿跑，它就抬起前蹄硬上弓。

她的三位住客那天要求去附近的温泉住一晚，她打电话给他，他吃过晚饭就过来了。车上，他不时看她。她俯身想换首歌，被他攥了一把。享受的神态浮于面表。客人们下车，她也尽量自然地跳下车透气。滚沸的云霭压至附近山巅，稍后被日光扯裂，柱列光线大步踱出又瞬间消失。河滩明明暗暗。草静静朝同一方向滑去，像鱼群列队顺着洋流迅猛前行，颤动地翻出银光闪闪的肚腹。

"你不进去洗一洗么？"他的声音突然从她发际蹿进耳眼。她脑袋紧跟着哆嗦一下。

接过拴着一片钥匙的松紧绳圈，她套在枯细的手腕上进去了。外屋十个平方，泥地坑洼不平。屋子右侧开两扇窗户，铁丝上挂着四五个塑料环，吊下一张印有粉紫色蝴蝶的塑料薄膜帘，划满凝血般的锈印。屋角堆着两捆草绳扎起的破瓷砖片。

帘子拉死。在窗户下面积灰的长条木凳铺上报纸。她缓慢脱去衣服。

泉眼在里屋正中，五平米，水像冶炼过的金属液汁，腻滑的蓝水上泊着热烘烘的白雾。长条木板在四周搭了两层。墙上用红砖画下斜扭大字：严禁大便小便。

池底沙石清晰。脚刚伸进水里，立即呻吟一声。嘴唇干燥，胸气郁结。泪汁、汗液蜇得两眼发花。

"我的脚在水里面，我看那好像是别人的，不是我自己的脚。"黎娟摇着头对我说，"我报警吗？还是给哪个说这个事？"

"说出来又能怎么样？都会讲你是自找的。"黎娟说。

外面传进开门的轻响。他在屋外的长条凳上坐下，抽着烟等她。能往哪走？逃不掉的，只有河边小木屋可去，他会在那里等着。之后她休想落住脚。她抱着膀子，忍受熏蒸，眼泪扑簌。不久捞起衣服，穿戴好，拉开小门。

他一言不发，宽肩膀紧贴墙壁，身侧的狭窄过道一个侧身就能堵死。顽固地盯着她。她呢，转过充血的眼珠瞧着地面，双颊烧火。肩头颤抖。

"洗好了？"枯憔的手从前额摸向脑后，他咳了一声。

"嗯……"她点头，心怀一丝侥幸。

"过来。"

"啊？"她惊愕。

她摇头，身体全部重量压向左脚。脚底木板叫了一声，仿佛从震惊中醒来。她冷酷明确地回答："干什么？"

他甩了烟头，从墙上弹下。

"走吧。"她边说边晕眩。不知道腿往哪里迈。

突然，她后脑勺撞上墙面。她在他手底下不由自主地颤抖起来，浓重的酒味、膻味使她身体绝望地向一侧歪斜。右半边脸被湿重的头发贴住。裸露的皮肤如遭鞭挞，过敏引起的大片红疹像山包尖耸。汗珠积于锁骨凹陷。

他腾出右手。拼命吸紧的小腹被一下提至他的肚脐处。她脚尖擦地，直瞪着他胸口中央横亘的一道褐色淤痕。他早几年在喀什，朋友的车刚从高原转下来就借给了他。忘说点火时间前调两度。他一早没睡醒地裹紧棉衣，手握摇杆使劲发动，回火儿时摇把子飞上前胸。横膈膜大出血。至今时有咳嗽，肋骨岔气似的疼。

他大力喘息，快速脱卸中的皮带扣襻碰出响声。她终于流出泪来。他的动作已遍布全身。积郁已久的肌肉彻底松动。生锈的剪刀刺进布料，疯狂地移动起来。但击入的力量并未使她到失去知觉的地步。她被对方双手牢牢控住，双臂上举，贴墙触电般抖动。细长的腥味从喉咙挤过。嘴唇、面颊肿得薄皮透亮。脑壳一下一下向后砸，眼睛还在眨来眨去。骨盆冰冷。耳侧湿软的墙皮剥脱。她反胃起来，乳白泡沫堵在嘴角。而他抽风似的停不下来。她看见他的脸，再次瞥见那道淤痕。

他灵巧地抽出身子，弯腰捡起她的毛巾蹭两把后肩、前胸。迅速地套上裤子，像被熊追捕的旱獭般消失了。

她从寒冷潮湿的地上爬起来，拾起毛巾包紧头发，拎起提包。肩胛磨破，内膝红肿。她摸向门边。昏暗孤寂的毡房，零零散散生长的树木。月亮没有力气升上去，晦如牙科诊所的陶瓷牙模。没有本体的虚幻光芒撒向河流。云层从高山滚落。一股旋风在几尺外卷起不到一米高的沙雾。

事物的脉流焊接成一个虚假而永恒的圆周，她在靶盘红心。

小车停在路边，她打开后座车门，放下包。打开前座车门，坐进去。他递给她一支葡萄糖浆，她摇摇头。

"我明天来接他们，你只管睡吧……"他打了个极响的哈欠。

车子上路，一只易拉罐在车后座底下滚来滚去。

一个上午，黎娟和我带着七位客人爬石头城。走到门口，一个嗓门像闹钟响铃的女人尖声抱怨："这不是一个大工地嘛! 是不是呀?"

黎娟边走边厌倦地解说。帕米尔自古是通往亚洲各部的要道，一万年前就有人类活动，三山发源的纽结、世界屋脊，英美的多位大使夫人曾在喀什噶尔领事馆度过薄情岁月，我们置身的石头城是碣盘陀故国旧址，唐僧曾路过并记载。闹钟女人叫喊："那能看见妖精吗？"

爬上城垛，客人们在废墟上相互拍照。黎娟招呼我在一块结满土痂的巨石上坐下。前方赭色的斯顿山像一张挂历画纸贴于蓝天。黄绿夹杂的金草滩上遍布盐斑，尘沙裹着土屋邋遢无形的身子。四周岑寂无声，野蝇打着旋儿转圈。

"来了这里，没一天舒服的。"她说。

我猜她曾以为来到新疆，可全然摆脱过去那种不疾不徐的生活——没有意外事件，没有三五个熟人之间的背信弃义、对现状发酸的抱怨。但是新的烦恼占据了人心。广袤大地，吃饱了饭的人们有一万种苦恼。

烈日下，客人们眯眼龇牙，纷纷快速涌向东北角大门。荒风召来一座意想不到的庞然大物，近似黑色的云影如一艘巨大商船泊上草滩。我和黎娟站起来，欠身俯在船栏上。

黎娟和司机离开温泉的那日，车子行到半路熄火。他打开引擎盖，手举电筒皱眉端详，拿小钳子拨弄两下。"分火头坏了。"

他问黎娟要头发卡子，她从兜里摸出一根给他。在一边看。他将发卡眼对准触点，扳直叠合发卡的上面一根。向她解释分火头是块胶木，在分电器的凸轮轴上。胶木失灵，这头的铁和另一头往各个缸分电的铜片之间会串电，发动机失火。她点头、细看。他吩咐她去车前座抽屉找葡萄糖给他。她从被烤得硬刷刷的报纸底下摸出来给他。行动越发沉默而有效率。他拔出皮塞，喝两口扔掉瓶子，把发卡固定在皮塞凸起和底部之间。

"分电器盖子更好修。"她说。那回是他要过她手里的健力宝瓶子，割下底子。照着老分电器盖子，底下中间戳个眼，主高压线从中穿过去，压在分火头的铜片上。再穿过各个分缸，拿皮筋套好固定住。

还有一次他带她去老乡家吃黄萝卜炖山羊肉，回家途中遇上一辆红色皮卡的传动轴故障，把一对柯尔克孜小夫妻撂在路上。他绑紧十字轴，向她要了一点黄油涂在轴承座上。油底壳穿孔，他翻她的洗漱包，拿去几根化妆棉棒和一块肥皂；散热器漏水，他撕下她颈后一块风湿膏药。

她在与他惊惶的接触中潦草学习，逐渐认同诸种车况涵盖人生一切形态——制动油管开裂、分泵接口漏油，得潜入车下；输油棒不工作或变速箱的齿轮被打掉，须俯身探视。站、躺还是弯下腰去，取决于问题出在哪里。生命展开如没有名目的野地，沥青柏油路段是"刮开有奖"，翻浆、搓板、冰雪路段才是常项。人也如车，常须修理。

不久，黎娟父母从四川老家过来，拿来一套灸疗罐。有旅游团落地，他把客人拉到她的小木屋。父亲提水，母亲做饭，她招呼客人，看住兴奋的小孩以免其落水。母亲从老乡家买来三只羊，狼在那天夜里跃过丈宽的河道，啃掉了羊屁股。天亮时三只羊还站在圈里，头在点动，眨巴着眼，看见母亲后咩咩地叫。母亲上前在每只羊的头上打一下，"叫！叫！作孽哦你们，现在才晓得叫！"

父亲做了一只水罐车，拖水途中看见她钻进他的车。父亲的口腔溃疡从嘴里烂上嘴角。母亲捏了点苏打粉给他敷上，后来他常在嘴里含着口醋。

没有客人入住时，三口人夜里围住一根蜡烛。父亲举着人体穴位图，母亲照图把灸罐排上她后背的穴位。隔几分钟，母亲拿起细木棍捅捅药芯，说："着得这么慢，寒气太重了哟。"她不吭声，只迷迷瞪瞪地等着有人帮她翻身，袒露阴面任脉。一日早晨，父亲给她浇水洗头，见她后脑勺露出一块大拇指甲盖大的白嫩头皮，不长毛发。临睡前，母亲拿着一块生姜在那块头皮上擦，嘴里念咒，困得直点头才住手。父亲托在老家开中医诊所的弟弟寄来《本草纲目》，研究数月，又叫他寄来各种药材。得空时又捣又碾，窗台上四五个罐头瓶子里泡着药。常有来客抱怨，说以为这破木头房子是拿草药盖起来的。

客人多到住不下时，她去他那里。两人靠温泉的硫磺统一了气味。他膝盖风湿逐日加重，踩离合时痛若锥心。夜里常叹气翻身，卷了莫合烟抽两口就爬出被子朝墙角吐痰。

后来，他好几天不见人，这才得知已死在喀什盖孜附近一个叫"老虎口"的地方。那天有辆吉普车转弯侧滑陷入泥坑，挡住前路。他下车抽烟。路政车在拖拽时，底盘的挂钩突然松开，飞起的钢爪击中他眉骨和太阳穴片区。他稳稳倒进一丛沙棘，下颚松垂，爆出的牙齿挂下梢头一串红果。

他曾说，日后想去参加达喀尔拉力赛。只不过未等完成胸肌膨胀的体力生涯，他就跟曾在达喀尔风光过的车手徐浪一样报废了。

一个身高近两米的维族男人接手河滩生意，他开车载人进来，吃饭在他二弟家，睡觉安排在他小妹家。她没生意可做，便找这维族人谈，卖掉木屋。一勺勺积累的东西，用桶倒出去了。

之后，她听朋友说塔什库尔干县城有人急转一套家庭旅馆，一家人再度南移。从网上下载一部名叫"黑道风云二十年"的电子书存进手机里一路看到目的地，途经他丢命的地方时整好看完第一部，《古典流氓》。

初到塔县，母亲剪了根布条捆住头，在床上昏睡不起。父亲和黎娟只是头晕和心律不齐。那年冬天他们回老家过年，跳下汽车，荒草没过双膝。田地荒芜，房屋空如待售棺木，卖掉土地的老人骨节松弛。她在乡野兜转，满目绿色安宁缓慢地上升。

云层移走，炽阳完整占领了石头城。

"你没碰上好玩的事？你也去了那么多地方，没啥好玩的吗？"黎娟说。

"记不清了。前年做胃镜打过一次麻药，去年做肠镜又打了一次麻药，记性不行了。"我说。

"娟。"我叫她。

"哎。"

"我要调回去了，领导会调别的同事过来。"我说。

"哦。"黎娟点点头，"那挺好的，这个地方太高了。我们的老乡，他们讲起这几年也太辛苦咯，要把店子转出去。"

有年夏天，我陪一位老领导去和田。到和田市第二天，当地人讲和田几个县在发大水。"新闻联播"里，村里的男人攀着救援绳索滑过红色凶流。上臂肌肉像藤上新结的茭瓜。

傍晚的和田市区，静谧的黄蓝色。每根草叶上，覆着一层极细的土末。沙尘与夜糊在了一起。空气中，飘来蘸着香料的烤肉膻味。我陪着老头在宾馆楼前的小园子里绕圈。也许是晚上吃了太多肉串，加之沙漠卷来闷热，食道里黏黏滑滑，酸唾沫像一条带鱼从胃里慢慢滑出。

"嗯……新闻说发大水了啊。"他说。

"主任，我们明天还走么？"我问。

他抬头朝天干咳了一声，抿起嘴点点头说："走嘛。"

"路会不会已经冲断了？几个县都在抗洪。"我说。

"走走看，洪水也值得一看嘛。"

老头今年七十九，退休多年，是执着的文学爱好者。

"您要写一组长诗么？"我问他。

"不不，想写小说。"

"什么样的小说？"

"从古代写到现代，写成吉思汗、盛世才的事，历史跨度上千年。"说完，他穿过群蚊，回了宾馆。

半夜，肚子突然一阵绞痛，爬起来呕吐。肉块在我肚子里变质了。我想。

次日，我误了早餐，他们拿餐巾纸包了两块馕给我。当地政府派给我们一个办公室秘书、一台地方车。我们按原计划前往民丰县。

"能先去趟药店么？"我说。

秘书从后视镜里看看我，说："姚主任需要什么药？我去买。"

老头不高兴地说："不是我要，是她要去药店。"

我说："我不舒服。"

胖司机咕咕笑起来，插嘴说："主任这么大年纪啥事没有，你倒是毛病多。"

我说："可能中暑了。"

到了药店，秘书帮我拿了一盒阿莫西林。"不好意思，"他说，"店里只有这一个药对症。"

车子开出和田市区。胖司机把牛仔裤拽到小腿肚。秘书眼睛通红，面色蜡黄，陪主任聊了一路。

不知过了多长时间，我感觉喘不开气，上衣湿透。睁开眼，发现车子已停在路上。

"前面洪水把路冲断了。"胖司机打了个哈欠，点着一支烟。我打开车门出去，前方，约有三四十辆大大小小的汽车挤满了路面。路边红色的土地里，黄色水流蜿蜒奔涌。还差一指长度，就将淹没路面。水中的小树在风中轻摆。紧挨着我们，前方一辆挖掘机的铲斗里，站着六个维族男人，叼着烟，踩着驾驶室里的音乐跳舞，打呼哨。胖司机问他们去哪儿，车上的男人们回答："看洪水去——一千年看不到的洪水！"

再醒来时，车子正在水中跌宕爬行。胖司机想办法绕上了另一条道。把我送进阿热勒乡的卫生所。

大厅里躺满了人，老人，女人，孩子。各种味道被热气泡得发胀。被踏破的楼梯，灰褐色的石子滚动向下……

我经过之处，一位丰腴的女人睡在一张草绿色的门板上，肤色正如重庆乡下人家自己熬制的甘蔗红糖，端出糖坊时，那浮在表面的一层羸弱的金色气孔犹在。她裹着玫红色头巾，天蓝色的绸布长裙拖曳至脚踝，佩戴红宝石戒指的胖手上插着吊针。我看着她，她用眼眸回望我，红唇翕动，唇角煤石黑的肉痣轻轻上挑。肥厚的腹部，搭着另一只雪白的肉手。婴孩身旁，一个男人头枕着水池边沿昏昏睡去。关不紧的龙头吧嗒、吧嗒。水滴滑过他粗黑浓密的发丝。

香水和地板上木桶里的抓饭、汤饭的味道相互浸染。这里仿佛是接连三天三夜的宴会场，和田病人们，醉倒在大殿。

我被带进一间办公室，一张办公桌和一张高低床，穿着白大褂的几个女人在聊天。

"躺下，让她躺下。"一个女人说。

我躺进了高低床的下铺。

"你先在这里休息……"秘书趴近我说，"主任还在车里等着，我们先把他送到，再回来接你……"

昏沉中，眼前黑下来。一股酒精味道。睁开眼，一根晶亮的针管呲呲冒出液体。与针尖平行处，一对眼睛，睫毛漫长，微醺地半闭。她缓慢俯身向下，白大褂领口敞至前胸。那一块梯形肌肤像无花果表皮，覆盖着一层细密的透明绒毛。

松石绿的蕾丝花边伏贴于乳白的肌肤之上，一直裹挟至脚踝之上几公分处。

她身体里的甜杏儿香气，从白色蕾丝口罩里喷出。睫毛的阴影投于我的手背。冰凉的液体流进左臂。

"我喘不开气……"

"唔，"她点点头。一只手将我的后背垫起，另一只手伸进我的衣服。两指一夹，叭地松开内衣扣。

"好了。"她说。她宽阔的身体走至窗前，拉上开满玫瑰花的布帘。

我在女人们低沉的欢笑声中醒着，那些声音像水母在屋内游动。远处，一个男青年在唱歌。我感觉脸上有个湿热的嘴唇在轻轻磨蹭，还有柔软的胡须滑动。

我扭过脸，一双澄澈的眼睛对过来。柔白的面孔，粉红色的鼻子和嘴唇。"咩——"它颤抖地说。

我伸手推它，发现它被一根粗编织花绳拴在床头。我翻过身，把脸埋在床板上。它再次凑近了，拱进我的头发。

"别吃我的头发……别！……"我听见自己的声音，冰一般地融化在满屋蜜样的热气里。

那日下午，胖司机来接我。我们在一道汹涌的激流前，爬进一辆挖掘机的铲斗，等着它将我们捞到对岸。眯眼向远处眺望，沙漠在视线尽头。黄昏时，尘雾似飘动的纱巾。细小的车辆在远处蹒跚。水流经过的狭长沟壑细若麻绳。

一阵清风吹来了我对生活所有美好的感受与向往。如同此刻，我和黎娟忘记了彼时生活的攻击，心里只有感激。

石头城外的树影阴郁肃穆。影子比树干还硬。一只灰黄色的鸟停在不远处的垣壁。收紧羽翅，一动不动。只有喙下面的嗉囊轻轻晃动。

"跟你说个事。"黎娟说。"哎。"她说，"我要结婚了。"

"和谁？"

"那个团里的，一个要复员的四期。"

"你跟他回口里吗？"

黎娟摇头。

"不回，他留下跟我打理店里面。我俩老家挨得很近，以后想回去就回去，老屋都在。"

"你们咋好上的？"

"我跑到石头城上面磕过头。"黎娟往嘴里塞了根草茎，"那才刚跟他认识。我在石头城上面找了个坡，对到西边磕了几个头。跟菩萨讲从今天起，所有上山来看她们老公，找团里小伙子耍朋友的客人，我都可以安排住在我店里，不要钱。然后我跟他的事情，菩萨看着办。"

"后来。"黎娟说，"我店里来过几个家属。晚上他们吵架、讲悄悄话我都听得到。等要走的时候，那样子很可怜。我以前的感情不顺利，但我晓得有一天会好。我也希望，每个人都好。

"包括你。"

旱
獭

北疆怪石峪边防连的军医不会笑，听说不是病，只是单纯的无法调动面部肌肉做出这个表情。但他喜欢开玩笑。

去年除夕，分区司令来连队拜年。一行人在蔬菜大棚里，司令摘下个西红柿，说，"菜种得不错。"军医说，"对，种给你们看的。"

饭桌上，司令向军医举杯，问他将针灸运用到日常诊疗的情况，军医回他："还行，癌症不治，艾滋病不治，其他啥病都爱折腾一下。"他接着说，"这个扎针治前列腺炎最有效果。"司令不接他话茬，端起杯子敬机要参谋，军医又抢在他前头说："是该通报表扬一下参谋哇，今年夏天发洪水他去救灾，一口好牙都被洪水冲乱了，吃饭用牙签，剔牙用筷子。"

早晨，我爬上连队后头的小山坡，军医在不远处蹲着，大腿夹着板凳腿儿粗的胳膊，见我就说："来监视我啊？"

"不是，来抓旱獭。"我朝他晃晃手里的编织袋。

看我在一个洞口放好了两块肉和早晨剩的葱油饼。他哈哈了两声。

"谁告诉你旱獭吃肉？"他说。

"旱獭不吃肉？"

"屁股那么大，它能追得上啥？"他说，"想抓旱獭有一个办法，你把这面山所有的旱獭洞都堵死，留两个洞，开一辆汽车过来，把排气管上接根皮管插进一个洞里面，在另一个洞门口等着它出来就行了。"

他把葱油饼从纸盒里拣出来，放进嘴里嚼。

"干吗抓旱獭？又没得罪你。"他问。

"不干吗。"我说，"听说旱獭凶得很，想看一眼。"

"确实。上回一只旱獭跑进了连队的哨楼，被捉住了，他们抱来一只小狗和旱獭打架，那只狗被咬得很惨。"他说。

"后来呢？"

"红烧了。"他说，"不好吃。"

"我没吃过。"我说。

"你连下套的铁丝都没带，你不是来抓旱獭的，是来找我的。"他看着我。

"来我们连队到底干啥？"他问。

"采访。"

"采访啥——"

"你，分区想宣传你。"

"我？！"他神情惊惧，"别采访我，我啥都不知道。你要是想交差，我告诉你一个更好的素材。你去问连长还有晚上站过哨的几个人，他们都看见过不明飞行物。"他伸手指向远处的哨楼，那边的天空浮着几片饼干状的白云。"白白的，拖着一条尾巴，就在那边的天上停着不动，然后一下就不见了。"

"我没什么好写的。你没听他们说吗？我不会笑。"军医说。

他站起身，大脑袋伸到我脸前。"你干吗让连队的战士们学我？我技术也不好，最起码我就治不好自己。"这个腰背单薄的小老头提起麻袋口，把食饵一把捞起扔进去。回连队的路上，他撇下我在前头走得飞快。

中午起床去厕所，里面有冲水的声音。过会儿军医走出来，见我笑道："余干事，里面还有人，我把他叫出来。"他冲里面嘘了两声，连队的狗跑出来，湿漉漉的嘴唇在我腿上磨蹭。

"我下午进山，你去不去？"

"去干吗？"我把裤腿从狗嘴里扯出来。

"捡钱去啊，成吉思汗西征失败了路过这边，五百车的宝藏都埋在山洞里了。"

"这种事你也信？"

军医失望地撇撇嘴："啧啧，没文化还不讲迷信。"

下午，我和军医进了检麦沪山。路上军医跟我讲，明朝土木堡之变时，印度过来两位名叫"黑白魔壳"的高僧，从皇宫敛了大批财宝往回运，途经现在和田市机场附近，下骆驼饮水，被一个刮过来的移动沙丘瞬间埋了。前年来了个江西老板，自己买的挖土机，四千五一亩地的价钱租下那个地方。他没挖到宝藏，却刨出了玉。消息"叭"地散开，那动静就像闪了个灯泡。那里着实热闹了一阵。

"北京元顺帝被徐达破城之后，逃到枯柳树那个地方挖了个洞埋珠宝，你听说过没？没听过'南京沈万三，北京枯柳树'？"

军医焦渴的声音打中凛冽的山中水汽，像挣开线的布袋子往外漏小洋钱儿。

我告诉他，我倒是听人说过另一个故事。从前有个女人，丈夫是正军级干部，八十年代初，她不知在哪结识一个人。此人跟她讲，蒋委员长逃去台湾之前为留下日后反攻大陆的资本，派人在江苏某个地方挖了个山洞，把钱埋了进去，留下一名心腹把守至今，那名心腹正是他大伯父。

大伯父今年年初因病过世，他一家拿着这些财宝干着急，花不出去，就想找个有头脸的人献上这些钱财，换点人民币过日子就行。这女人当夜瞒着一家去了北京，在那边四处托人向中南海报告，说是只要满足她几个小愿望，就把老蒋的家底献给国家云云。

此事传回家里，她丈夫先是去北京好言劝她回家，但她不肯，还离了婚。她丈夫那边的亲友觉得她是魔怔了，不敢再留她。她住进最便宜的旅店，继续为此事在城中活动。后来公安上的人出来找她。数月里，她尽找些偏僻地方躲藏，最后倒在路上被人举报了，兜里的破手绢里裹着一块长霉的剩馍馍。

草叶上挂着方才下的雨水，绿得不像活物。今年气温高，雨水多，山上的雪水格外丰沛，界河的水声也更易入耳。几只小羊影影绰绰地晃过。艳黄的锦鸡儿、浅褐的粉苞菊，间着糙苏生长，叶片周身长刺的淡粉色小花绽开一半。树丛下开着橙色、金黄的蘑菇，军医攥着小刀，见灰白色的才割下放进挎包。钻树杈时，一条土棕色的小蛇掉到他背上，他蹲下身耸了耸肩，让那小蛇滑下溜走了。

我们找了块山岩石坐下，他伸手朝右边随便一指："看见那道铁丝网么？好几个越境的人都在那里被抓住的。"

"去年夏天。"他说起被抓的人。

有个叫谢尔扎提的牧民骑马到连队说看见一个人躲在树林里。连长带人去抓回来一个小孩，穿着背心短裤，背一个黑挎包，包里有三块五毛钱和一把钳子。连长问他从哪里来，他说从吐鲁番骑自行车过来的。问他要去哪里，他说去哈萨克斯坦，去干什么呢？他说找爸爸。

爸爸跟妈妈说他去哈萨克斯坦创业，两年多没回过家。他今年十一岁，车子骑到阿尔夏提给搞丢了，走路过来的。

一个湖南桃源县的男人，被哨兵在一丛灌木里发现后朝前一路疯跑，哨兵喊一声"站住！"他就回过头敬个军礼再转身接着跑，追了近一公里才摁住他。指导员在连部里吼他："你跑什么！"

他一副认真透顶的淡定相回答："你们跑我才跑的。"

"去哈萨克斯坦干什么？"指导员问。

"找我爹。"

"你爹是谁？"

"老布什。"

"那你是谁？"

"小布什。"

"我们有句话，叫人狂翻跟头，狗狂挨砖头。"指导员说。

他垂下脑袋思忖半天，说："好吧，本来是绝对不能讲的，但你们是人民子弟兵，也算是亲人了……我父亲临死前告诉我，他在阿拉伯捡的我，我实际上是伊斯兰世界的王子！你们应该比我明白？中东那边乱得卵样的了！现在我必须赶起回去收拾局面，这是天大的事情！"

指导员把笔一扔，双手交扣在脑后，对班长一抬下巴："行了，送派出所。"

"晓得吗？使，命！"行至门口，他回头对摁倒他的那个哨兵"啪"地敬礼。

还有个男人在刚走下河滩湿地时被抓了回来，穿着记者马甲、缝满大肥兜的卡其布裤子、登山鞋，蓄一嘴浓密的胡须。带到连部，他打开背囊，掏出一叠速写纸和一个铅笔盒，说："我是个画家。"

大家都忍着笑。

他没生气，说："你们想让我画谁我就画，不然你们也不信。"

他确实把连长画得很精神。指导员就问他："你为什么要去哈萨克斯坦？"

"中国人欣赏不了我的艺术，我要去欧洲。"

"你到底去哈萨克斯坦还是去欧洲？"

"从哈萨克斯坦去俄罗斯，再从俄罗斯坐火车去德国，然后看情况吧，可能还去法国和意大利。"

指导员有点感佩，久久地，"哦……"了一声。

"我有个小问题想请教你。"指导员说。

"您说。"

"我看那个马恩全集上有那个他俩的照片，都留着跟你一样的大胡子，我就奇怪，你们怎么吃饭啊？饭菜不会沾到胡子上吗？"

话一问完，画家哈哈笑得声震寰宇。指导员留他参加周末聚餐。手执饯行杯，好去者前程万里。

"他没娶老婆吗？"我问军医。

"结婚？"军医说，"指导员问他为啥不结婚，他说有用么？一层薄薄的沙子盖不住心里头那点事儿。"

"这里有女人越境吗？"

"有，基本都是偷挖贝母啊、椒蒿啊，还有哈萨克斯坦那边有的人家拿鹿茸扎羊圈，她们过去偷了拿回来卖。都是想给家里多挣点钱，老人看病，孩子上学，丈夫还要喝酒……"

"我们碰到过一对哈萨的小男女朋友，男的说带女的去看哈萨克斯坦的月亮，我们从望远镜里看，说怎么有两个人在往哈方的会晤亭那边跑，男的手里还拎了一个汽油桶！后来我们去打开桶子一闻，嚯，一桶茶叶！"

"有时候觉得这些人太潇洒了……"他说话像公厕坏了的莲蓬头在吧嗒水，"你是搞写作的，应该对中国文化有点研究吧？我们为什么好几千年了都活得这么累？不高兴？看看人家哈萨，喝喝酒骑骑马，爱唱歌也会跳舞，多好……"

不多久，他又讲起他有个计划，研制一种小胶囊。胶囊里有状似糖尿病病变细胞的好细胞，等患者服下，胶囊里的好细胞会接近病变细胞。时机成熟时撕破伪装，搞死坏细胞。估计首轮融资三千万。

"你是从特洛伊木马那里得来的灵感吗？"

"错！《赵氏孤儿》！"他"啪"地一拍手，颧骨刺出，满脸都是那张嘴。

军医站在一块大石头上朝山下一户人家比画，说那个老能逮到越境者的谢尔扎提就和老婆住在那里，女儿在伊犁上小学。六岁时就比连队的马倌骑得快。

去年夜里军医被连长拎起来去接电话，说谢尔扎提他媳妇打来找他。

"快来！军医！你快来——他不行了！"

连队派车送军医过去。谢尔扎提躺在床上口吐白沫，满屋子工业酒精气，送到县上医院躺了十来天才缓过来。之后没过一个月，谢尔扎提又入酒穴，骑马回家时晃到崖头边上摔进雪里，躺了不知道多久，被巡逻车发现带回了连队。

第二天，几个小战士帮他把堕下崖的死马抬回家，谢尔扎提也跟着回去了。握住军医的手发誓说再不会被人搞到桌子底下去了，他要专心待在家里腌一个冬天的马肉。第三天，谢尔扎提在切马肉时不小心削掉右手食指尖上一块肉，他捏了一把白面往伤口上一撒，止住血继续切马肉。等军医几天之后过来送连队配给的白菜土豆时，他才说被刀切了手。

军医一看刀口已经发脓，就骂他蠢。谢尔扎提气得大叫："你这样子讲话——啥意思嘛？！我要胀肚——肚子胀！"

"那你干吗不去连队？！"军医也大声了。

谢尔扎提气恼地撩他一眼，"你是我的朋友嘛，我一直——一直地等你来帮助我的嘛！"

谢尔扎提伸出粗胖的手指给军医摆弄，兴致勃勃地讲他左手边这本二〇〇六年的《读者之友》上看到的事。

"一九五三年五月份嘛，斗地主嘛，毛泽东和斯大林握手了，毛泽东嘛，是这么厉害的、正大的男人，斯大林错了嘛，他就知道了，然后就都被我知道了。"

手指还没好全，谢尔扎提拎着弹弓去打鸟，石头打在鸟肚子上弹回来，又把下门牙崩掉一粒。

"谢尔扎提他妈生了十一个男孩，三个女孩，现在还活着三个。"军医嘴里嚼着草根，"你别看他们在这里放羊，现在羊可值钱了，少说他们家也有几十万块钱。"

"我最怕到他家去，一见面就劝我结婚啊结婚。结什么结？买台电视就够了。"他吃着风说话，朦朦胧胧地望着我。我们下坡走上苔草滩，军医踩在疙疙瘩瘩的土瘤子上向前跳跃行走，我小心缓慢地择路而行。左侧是破碎的溪流。溪水里的墨绿色水草阻在白色大鹅卵石上，丝丝缕缕顺水势柔滑摇摆，像上游漂下来的女人头颅。

前方那座用大块卵石砌起来的火柴盒状房屋门前立着一根木桩，拴着一匹毛发棕黑油亮的马和一头干瘦长癞的驴子，马脸上套着一只装满干草的尼龙袋。门口左侧卧着几只棕白花小奶牛。变形开裂的马鞍、脱线的摩托车坐垫、松了线的马鞭等背时货都堆在奶牛身后的烂马槽里。一个瘦小的女人站在里头摆弄，隔着老远不时抬起头看我们。

我们进屋时，谢尔扎提正在拨弄冬不拉。他矮壮结实，眼睛细长，嘴唇红紫，高耸的颧骨上盖着一层铁锈似的老皮。谢尔扎提抓起我的手捏了两下以示欢迎。之后像邓亚萍抄球一样地开始说他这两天一晚上只爬起来尿一次，老婆某天又用烧水壶砸他的头，大黑马自打被牵去配种后回来就精神不佳，摩托车的挡泥板掉了。我听得两眼发花。

两碗奶茶过后，谢尔扎提着急地把自己往加绒夹克里塞，"走！军医，记者妹妹，你们帮我去把山上的羊找回来。嫂子在家里头给你们做好吃的。"谢尔扎提说话时嘴里嘶嘶漏气。

谢尔扎提骑摩托车带我，军医骑马。天空垂下透薄的带状灰云，雾霭卷来粗重雨水。雨屑抽在脸上，骇怖狂风把沙子刮进耳眼。车子有气无力地走在路上，我在后座上摇晃得点头哈腰。前方，羊群密密地散落在山坳，像酒桌上吃剩的咸水花生壳。

"大哥，哈萨克斯坦好不好？"

"有啥好呢？"他摇下头、耸下肩，"我哥哥在那边，我老婆嘛、孩子嘛、羊娃子嘛，都——在这里，这里啥都有，那里嘛，啥——都没有。我去那里干哈呢？去的人嘛，要我说都勺子呢吗？我就想乖乖地——待在老婆跟前。小妹妹！你多大了？"

"二十三。"

"结婚有没有的？"

"没有。"

"哎呀……没有结婚吗？太——可怜了……你喜不喜欢哈萨？我介绍一个给你，漂——漂亮的！听你话的！"他大声喊，"等你死的时候就有人问你，你狠狠地爱了没有？老天爷跟前这个话说不说得出来？你咋说呢？我爱了嘛，我就去天堂了……"

"妹妹——你，还有军医，随便一个娃娃你们找不到的吗？"他又说。

停下车子，谢尔扎提迈开两条长腿朝前走，我磕磕绊绊地跟在后面，看他偶尔消失在草坡后或凹坑里。冷冰冰的雨帘缓慢晃动，像肉铺里悬在钩子上的冻羊排。谢尔扎提"啊哦，啊哦"地哄赶羊群向山下转移，总有这只羊或那只停下吃草或者发愣。催促的嗓门越大，它们迟疑的咩咩声越低沉。湿透的叫声和冰雨一起灌下来。

晚上回来推开房门，羊肉汤和马肉那仁腾起雾气，嫂子的黑红色头巾时隐时现。她仍然漂亮，皮肤已不再年轻。她的骨盆窄小，胸部扁平，编好的黑发鸟窝似的踞在脑后，被头巾盖住。穿着一件腈纶纱织的灰绿开衫，一条长度及踝的深灰羊毛裙，正面的裙裾上绣着红色轮廓的花，脚上是一双黑高跟，方形鞋头上磕掉了漆。

我们团在小桌前吃着，她坐在一旁的织架跟前绣花，果绿、粉红的图案在浓重的酒味里缓慢发福。

军医和谢尔扎提边吃边聊病痛和真主，谢尔扎提举着一根马肋骨说："我病了，我起不来了，啊啊啊啊，我狠狠地哭鼻子。然后穆罕默德就会跟老天爷说，这个人吗？这个这个样子的……你帮他一下。"

"穆罕默德啥忙都帮吗？"军医问。

"帮。"谢尔扎提瞟了一眼墙上的经文刻板。

"我缺钱他帮不帮？我家里人有病帮不帮？"军医说。

"你自己去问问看嘛。"谢尔扎提皱起眉头挠了挠胳膊，手里的马肋骨被他啃得像根象牙筷子。

"不是死人才见真主吗？我怎么问？！"军医压着火。

"在心里问嘛，你就默默想，默默想……默默地想……想嘛……"谢尔扎提这架85式微声冲锋枪打爆了军医的心，外人只听见枪机"嗒嗒嗒"的平淡撞击。

我离开怪石峪那日清早，军医没有来送行。听说谢尔扎提昨晚叫小舅子来家里喝酒。俩人打开五瓶六十八度的衡水老白干对饮。小舅子嘎啪磕烂一支酒瓶插进大腿，冲他得意。谢尔扎提啪地摔断酒瓶朝脖子拉了一道。刚喝进去的酒跟着血沔在他羊羔绒衬里的潮湿夹袄上，谢尔扎提摸了一把乱蹿的热血，懊恼地发出咯咯的声音，脸绷得肿起来。小舅子"哦，哦"地鼓掌，指甲盖都快飞出去了。直到谢尔扎提老态龙钟地抽搐一下倒地。

军医给县里120打电话，来了两个男医生和一个女护士，女护士大清早地系错了扣子，白大褂的领子敞着露出黑色蕾丝花边，一脸慵懒的不快。嫂子把手填进衣兜，闭起眼睛。军医拼命压住心里咯咯的笑声，以捱过这个无穷无尽的节日。帮忙抬担架的两个小战士似有若无地盯着那个女人，其中一个出门时把谢尔扎提的脑袋撞到门框上，另一个一脚踩进旱獭洞，差点把谢尔扎提掀进沟里。

一日深夜，我的手机响了。接起来听，对方等了很久才说话。

"喂，潘金莲吗？我是董存瑞。"

毫无笑意的嗓音是我熟悉的。

军医的父母在四川老家种地，他供弟弟上大学。读新闻专业的弟弟毕业后第一篇特稿就旨在揭露某家房地产黑幕，他跑去房产工地上扛沙包、扬土，暗中调查。某天不明所以，从没装扶梯的三楼坠下摔成脑死亡。军医说，我管吗？我不管吗？

在连队的那几天，军医对我要求的采访避而不谈。我给同事打电话，他说这种情况不是没有过。他曾经带任务去采访一位老红军，谈一场战役。老头说好好好，有空了就谈。之后拉着他打了二十天麻将，打累了吃饭睡觉，临走录音笔上一个新文档也没存。

只有一次。

那天军医紧搂着谢尔扎提的皮夹克，躺在那里说："女朋友，上山的前一天晚上跟我提分手。去年同学聚会还有人问，你还在新疆吗？骑骆驼上班吗？我在这里，是因为我没办法，就跟当初我必须考军校一样，可以四年不交学费。我可能会一直在这里干下去，也已经习惯了，现在你让我下山，说去家私立医院找个事做，我做不了。我们连队有一个人可以成为典型，去年复原了。他爸是地方大老板，每回给他寄香烟，都是中华和冬虫夏草，还有黄鹤楼最顶级的那种。他本来可以留在团里，但他主动申请上山，来边防连队，猪也养了，骑马也摔过，被锅炉还烫过。但是没有过一句抱怨。好多人想走，就他想留下，最后他爸来坚决不让套二期了。我为什么做那么多事？因为怕闲下来。闲着就会想，想了不该想的就痛苦。

"以前恨自己没得选择，上什么军校，来这种地方。但现在我庆幸，我很感激。部队给我工资，让我有点尊严。在我最困难的时候，这个工资还救了我和我家里。虽然不是很多，但每个月都有啊。我没得道理不把事情做好。拿了钱不做事，这种人有，但我不是。

"你写这种材料。没用。什么人也改变不了。你想通过一篇稿子改变别人的想法、改变他的活法，可能吗？好比我说，我可以天天给你扎针熬补药，你会嫁给我吗？我父母天天跟我弟弟讲老实做人，老老实实……他会听吗？

"有时候，真的只有一句话能讲清楚这个世界，天地不仁，万物就是刍狗。"

这具肉身里满是寻常的神秘与失望，飞起来又毫无着落的愿望。这里是天理深渊。无论向它开骂还是发问，只能听到漏风的嘶嘶声，就像缺了一颗牙的谢尔扎提拎着酒瓶在你身后喘息。

近况

　　走出茶歇帐篷之前，泻药就起作用了。屋外，怒阳照群山。半空中有几朵白色的降落伞，大、软，稀稀落落，直直地落下来。两点钟方向的山坡上，对空指挥对高音喇叭大喊，面向中心点！调整，赶快调整！

　　我朝旱厕走过去，看见科长蹲在里面，露出上半截身子，扶着眼镜往天上看。十多秒后，一个巨大的白色降落伞绸罩住了科长，旱厕四周蒙着黑纱网的半圈栅栏也看不见了。

　　里面的人！把伞托起来不要搞脏了——

　　不要拽——裤子没穿上——

　　操——我OPPO掉下去了——

　　下去捞——

　　山坡上的人、科长和刚从天上掉下来的一齐叫喊。来这三个月，科长从没提过让我参加跳伞训练，这是我第一次触摸真实的降落伞。我真他妈的幸运。

　　五个月前，我调离原单位来到这。从连部住进十个人一屋的野战帐篷。随连长岗位失去的，还有每月八百块钱的岗贴、一天三顿好饭。我们每天在帐篷外端着饭盆打完菜，一等就地坐下，就有人开始大骂，朝坐在另一个方向的炊事班对嘴型骂娘。要是分区政委来这吃一顿，立刻答应炊事班长复员回家。

　　不只伙食差，这里也缺水。干部轮流带水车去就近的边防连队、矿泉水厂拉水。每周五排队上水车洗澡，每人十分钟。这个礼拜五因为做心理测评方案延误了洗澡时间，我爬上水车的时候，连最后一拨人撒的尿都干了。

　　这会儿看科长抄着裤口袋走出来指挥收伞。我想也许领导力与洗没洗澡有关系，如果我现在四肢洁净，底裤没有黏在屁股上，阴囊湿疹不是瘙痒难忍，我的气场也会看着稳定许多。

　　收完伞，打发跳伞队员、陆地指挥和科长离开旱厕。我已经没了之前的肠道反应，就掉头往回走。去指挥帐篷里看会儿教案。科长安排我下午给他们上课，讲心理战。

　　刚来报到时，领导说既然你本科学的心理专业，就先来搞心理。我很难想象有人在军中以此立足。但还是认真备了课。准备告诉他们心理战就如同他们今早的跳伞，我也看不太明白。科长要我讲一下战场应激，我没法和科长说，辅导员和他们一样怕死，怕子弹打进腹股沟。怕父母还不知道我来了新单位，就被叫过来领抚恤。

初中升高中那年，父亲犹豫是否从股市里拿三万块择校费出来，送我去一中念书。他对我母亲说，如果他是那块料，边插秧也能考状元，如果不是，钱花了也白花。我觉得正是他这种小市民意识，让我没有考上舰艇学院。

高中时，我说假如我进了班级前五，你给我买一块Swatch手表，父亲说可以。成绩出来的暑假，我找父亲落实这件事。我们一起去了万达商场，柜台前，我看中一块五百六十块的手表，父亲相中一块折后卖四百六十五块的。最终他说服柜姐，劝我买下了那块便宜了不到一百块的手表。我从没戴过。等工作后第一个月工资到账，我买了一块颂拓的触控心率手表。这块表我现在做爱的时候也不会摘下来。父亲在买Swatch手表这件事上的表现，让我在高考填报志愿时，选择了实惠省钱的国防生。毕业时，学员队长暗示只要有一万块钱，就把我分配到离家近一点的地方。我拖了几天，想该怎么和父亲开口，最终，没有开口。这会儿，我像一个吃草的货，成天在山里移来移去。找不到做事的意义。这些连带我思想的危机、贫瘠都是我父亲节省的产物。

他在二十年工作时间里换了六个部门，在本不该退休的时候内退回家，蹲在杂物间里炒股、看基金。死守过去一点积蓄，抗拒一切不动产投资。我很恐惧在某个岁数，忽然变成他那样，比他还他。每回想到他，就想起家里坏了四年没修的浴霸。

他隔一两个礼拜给我打个电话。每次和他那种自以为洞悉局势的人聊天我就生气，好像掌握了点街头谣言就自以为鸡巴比别人硬。

母亲在堂弟家的工厂上班，给小孩玩的智能狗安装眼睛。下班回家吃过饭就出去打麻将。最近每回给她打电话，她都在牌桌上。说，哎，正要给你打电话。

也许他们从来没想过我是他们唯一的儿子，仅有的儿子。我父亲只会抬起那张方脸，抱着家里有十个孩子的乐观。我母亲随时询问我，又转背就忘记我。从不设想要是哪天我突然死了怎么办？这种父母根本没有预料和承担未知风险的能力，他们只会事到临头突然崩溃。

前天夜里的会议持续到半夜两点。附近距离我们不到两公里的边检站被袭，两人受轻伤。那场会上我不断走神。妈逼的都走了这么远，干吗不再多走两公里？后来想想，他们未必知道这儿还有人。

想到在荒地里的消磨，那些讲荣誉信念的会议上，一群人接受精神与指示时兴奋而疲乏的模样，我就觉得痛苦。但在这戈壁环境构成的简单生活里，我同时也感觉到单纯的快乐与满足。

有时候觉得城里那些与自己同岁的小瘪们，不是没胆就是没脑，只能在父辈安排得当的职业小天地里实现成就。而我早已甩开自己父母那不值一提的影响力，通过坚忍克己的生活，获得了能在某天失去平静和秩序的世界中活下来的本事。有时候又认为不能这么说，他们的生活中亦有奋斗与艰辛，像我堂弟，二十四岁就要了孩子。可能我们才是逃避的人，他们是勇者。

前阵子这里的风很凌厉，忽大忽小，阳光微弱，时有时无。太阳时不时出来会儿，在我们暖和过来之前就又不见了。

最近两天却气温陡变，不是刺激神经的冷就是毫无预兆的热。

中午刚想躺下睡会儿，科长打电话来叫我去一趟营房帐篷。

我进去时，薛排长正躺在科长旁边的行军床上，被一床棉被从脚裹到脖子。在白被罩的映衬下，我觉得他该刮胡子了。科长坐在那儿，看见我进来站起身。

"来，你坐这看着他。我要去大队长的帐篷。"科长说。

"不用人陪。"薛排长说。

"你老实点。"科长拿起文件袋往帐篷外走。

"他喝酒了，不要跟其他人说，等我回来。"科长对我说完就走出去了。

我拉了把椅子坐下来。

"嗯。我喝多了。"他说。

他把被罩没有给被芯塞满的一角拉出来，轻轻盖在自己脸上。

"你这样玩过吗?"他在被罩下面说。

"没有。"我说。

"可以试试看。"

"你哪弄的酒?"我问他。

"老乡自己酿了带过来的。我就尝了两口,科长发飙了。"

"哦。"

"你老家哪的?"他问。

"无锡。"我说。

"我去过无锡……城市很干净。那里有很多日企,有些日本人在本地找了情妇,这些情妇聚在一起,开了几家日料餐厅。你去吃过吗?"

"没有。"我说。

"我吃过。他们住的那片地方完全不像中国了,就跟日本一样,很不错。"

"你喜欢在被子里说话吗?能听得很清楚。"他在被罩下面说。

"你不舒服吗?"

他在被罩底下摇头。过会儿他把被罩从脸上拿开,眼睛眨巴眨巴地看着我。

"今天早上。"薛排长说,"我很紧张。昨晚我做梦,梦见我的伞绳坏了,拉不开。今天早上我请假说不跳了,但是科长怕我过两天考核出问题。结果你看,差一点被屎淹死。"

"你又没真掉坑里。"我说。

"这次死不了，还有下次。"

"你是连长了。"他从被罩底下露出一只眼睛，"你还来这里干吗？你应该天天躺在被罩里，玩被罩。"

"我不喜欢被罩。"我回答。

"那你喜欢什么？"

"下午上课，你起得来吗？"

"不去。"他将被罩一把扯过头顶。

"我好好研究研究这个被罩。这个被罩太好了，在底下看人也可以看得很清楚。"

过一两分钟，他在被罩底下发出匀称的轻鼾声。我感觉像坐在一个伤员边上。

如果在一次行动中，我也受伤了怎么办？

再过两年，也许科技已发展到有能力保留我的尊严。要是胳膊没了，可以接受肌体的赛博格化，刷医保购买功能齐全的仿生型机械手臂，到时可以在手上充电、插优盘、加热食品。但我抚摸和拥抱过的女人呢？我无法再享受她的肌肉在我指腹下的弹性。无法自然地进入她身体的逻辑和情绪。我也不想乞讨。死缠烂打和靠炫耀残疾搞道德绑架不是一回事。

　　大学四年，有两年我像狗似的跟在女孩后头。但很难搞到一个。每个假期，我都会去一个地方找某一个姑娘。也许她被缠得最后和我睡了一觉。也许我在那里转悠两天，夜里自己去看个电影。有意思的是，当我去的地方越多，被拒绝和被接受的次数逐渐平衡起来。忽然在某一刻就开窍了。我能十分清楚地判断这次会不会得手，也知道怎么做就能击溃她，让她顺从。

　　有时我搂住一个姑娘，从反光的玻璃或者镜子看到自己，会长久地盯着自己，搞不清为什么在这，为什么抱着这个人。大四冬天，土木工程系的一个研究生在微信摇一摇给我发私信，我们聊了两天出去开房。她没洗澡，脱了衣服躺下来，让我骑上去。我去亲她，她没有闭眼，等我动起来，她还是翻着眼皮看我。我一下软了。从她身上下来，下床穿起衣服。带她去吃了一碗刀削面。后来她找我，叫我去一个KTV门口接她。我没回复，删了这个人的微信。

　　那段时间，我也花时间在另一个女孩身上。用同样的方法对付她。不停索求，逼她屈服于我的低姿态，默许我的手试探边界。但抱住她的那一刻，我没有犹疑与困惑。之前的日子一下索然无味。转而相信也许人尽义务也能幸福。

临走前一晚。关上房间灯，她穿着一件纱裙走到落地窗前。我看了一眼，跟她商量可不可以把这条裙子脱了。她很惊讶，动嘴争辩。

"因为你太年轻了。"我说。

要是她年纪大了，也许需要披一件什么挑逗我。但现在我只要看她一眼，就有做不完的欲望。穿这些反而碍事。

夜里她背对我熟睡。肩头结实而突出。没有衣物包裹的身体，有女人生育前的洁净和清新感。颈后的发丝越过她的背而在我脸前波动。发丝之下的皮肤，仿佛被我磨得细薄。脊背展开，像刚掰开的面包瓤。我从她身体这一侧伸出手臂，将她揽到脸前。她在梦中忽然绷紧身子，随后逐渐松弛下来。她的头发在皮肤上升的热度中发出淡淡的汗味。

那一刻我自知对她有了一种并非精细的、轻柔的牵挂，而是要把自己锲入她身体的决心。尤其想到往后的日子将如何彻夜地躺在碎石块上的单兵帐篷里，慢慢瘦出老年人的瘦。

在这种地方不能去想那些。可它来的时候，我的脑袋像长在别人脖子上，他想怎么样就可以怎样。在用某种办法把它压下去之前，没有什么可以缓解的。在白天工作的节骨眼上，它烦得我恶心，到了晚上，它又是我唯一所求。我想她怨气的双乳。丰饶角。想到嘴发干，说话都困难。我知道她不会长时间属于我，别的男人会乘虚而入。当我想到她以后要跟别的男人睡在一起，在那个位置上盯着她的后背和脖颈，我就想捏爆那个杂种的头。

备课这两天，我没什么耐心。电话里她一天天的言语温顺，语气中已然没有这个年纪和长相的姑娘应有的傲慢。我能感觉她哭过了。我希望她走。

伊蒙学士跟琼恩[1]解释，为什么守夜人誓言里要说不娶妻、不生子，因为在情感面前，责任不堪一击。确实，当你晚上因为想谁睡不着，第二天起来就会觉得握不紧自己的手。

我也有点想喝口酒钻被罩的时候，科长回来了。

科长问，他咋样了？我说，睡着了。

你出来一下。科长说。

科长那张长脸是紫红色的，眼睛很小，嘴唇噘着。说出的每句话都是他想要说的。他很不喜欢和四岁的儿子和老婆

---

[1] 伊蒙学士和琼恩都是美国电视剧《权力的游戏》中的角色。

分开，在没法和儿子视频的时间里，他总有点恼火的迹象，刻意拿人的弱点开玩笑。他们带病生活，自己早就注意不到了。

下午有人给你打电话吗？科长问。

不知道，我没开机。

下午你不用上课了。科长说。

琼塔什边防连的排长魏宁，你知道。科长说。前天中午两点左右外出，不见了。

不见了？

找不到人了。他说。

之前他给连队说要去哪吗？

侦察拍照。他是一个人去的，出事的时候没人看见。科长说。

有几秒钟，一个牧民老乡从科长右侧肩膀方向一点点冒出来，他的牛也出现了。那头粉红鼻子的牛最近老过来吃草，我前天骑着它拍了照发给魏宁。他说这是你上过的最好看的哺乳动物。我看着老乡和牛走上缓坡。阳光下的六月正午，科长说的听来不像是真的。这种天气的日子，会有什么人忽然不见了么？

可以想象此时的边防一四二团。一些人开始动用理性，上千次地尝试弄清这件事。还有一些人在对每个人的责任配比做出微调，落实到纸面一种不偏不倚的口气，讲述众人可以接受的真实。以预防每一个看到文件的人精神世界里更大规模的混乱无序。

每个边防连队都在建立后的漫长日月中产生了自己的症状，自己的奇葩。琼塔什，或者说整个一四二团的症状就是独。我们早已从先期的连队人际关系模式中解脱出来。建立了新的。我们不相信也不愿建立亲密感，也不指望互相之间产生多少有趣的交流。我们大都希望自己某天像来的时候那样完整地回去。通过每天触摸手机屏幕，尽量多地保存来自离开的那个世界的一切。这一点给主管工作带来了巨大的问题。同时另一个负面影响在于，尽管不少人对连队工作竭尽热忱，时常精疲力尽，却看起来傲慢冷漠，不讨山下的领导喜欢。

当我听说有一个南京政院的研究生不肯在团里待着，非要下连队时，我认定没谁会和这个人多废话。

魏宁到连队后两个多月的一天，来连部找我要教育材料。我拉开抽屉，又一把推进去。

书，连长。魏宁说。

什么书？

《午夜之子》。

狗屁！那是我的党章。

是拉什迪的《午夜之子》。魏宁说。

放狗屁！我说。

连长……

滚。

那晚，我收到魏宁一条内容很长的手机信息。大意是说他为今天的莽撞道歉，既然连长说那是党章，那就是，他信了。

那晚我带哨。在他宿舍门口站了会儿，还是进去把他叫起来帮我提手电。那晚他加了我微信，给我发的第一条内容是转发腾讯文化的公众号文章，题目叫"拉什迪：'9·11事件'后，人们理解了我"。

那天我带魏宁进山里找马，他给我讲了来琼塔什前的生活。

魏宁的父母亲是吉林延边的朝鲜族，八十年代初，父亲为了他母亲，和家庭决裂，带他母亲私奔到北京。魏宁初中时，父亲在四环路边开了一家海鲜酒楼。但魏宁的父亲拒绝儿子接手生意，而是托关系逼他考军校，希望他日后在军内有份稳定工作。

我考研不是因为成绩好，纯粹是为了不去部队上班。学校就够没意思了，上班肯定更没意思。魏宁说。

魏宁告诉我，他父亲也有绝对的道理。自从他们家做酒楼生意以后，他父亲让魏宁母亲监督后厨。每回包厢敬酒，都是自己端着杯子过去。在魏宁大一那年，父亲查出肝硬化失代偿期，次年复查，肝部出现占位，疑似肝癌。魏宁的父亲想卖掉酒楼，魏宁的母亲劝他，要是卖掉酒楼，这些跟了他们五六年的员工很难再找着合适的工作。魏宁这时说想退学回家打理生意。魏宁的父亲坚持不肯，他说当年做生意只是为了家人生计。这些年个中牵涉的压力，他不愿孩子承受。

研究生毕业前一年，父亲频繁安排魏宁相亲，他希望魏宁与其中一位订婚，工作一年后完婚。相亲半年后，魏宁告诉父亲，他准备和目前的相亲对象订婚。寒假，父亲在酒楼准备了九桌订婚酒席。

那天两家的亲友到了八十多位。在其中一张桌上坐着一个带孩子的年轻女人。魏宁爱上了她。即将到来的婚姻在成立之前，就被它的构建者从心理上甩开了。

魏宁向母亲提出解除婚约的想法后。母亲在周末早晨给他打电话，说在学校门口等他。中午吃饭时，母亲跟魏宁讲起那时她和魏宁的父亲不得不从家乡出来，是因为魏宁父亲的家人不接纳她曾有过一次短暂的婚姻。在魏宁初中时，魏宁的父亲从朋友那买了一辆二手车。魏宁的母亲简单问了一句，为什么买一辆二手车呢？魏宁的父亲以为这句话的意思是轻蔑，反问她，你不也是二手的么？

母亲怕他虽然嘴上说不在意她的婚史和孩子，实则内心充满敌意。这种敌意在日子不顺遂时，很容易生恨。魏宁告诉我。

那天，魏宁和母亲商量由他向对方提出解除婚约，父亲这边则由母亲做工作。至于下一场订婚宴安排在什么时间，对象是谁，母亲希望魏宁一年后再做决定。

山上，我和魏宁一前一后在走。太阳银白如胶体，乌云正在翻越山脊上最后一道光线。让人想到若是没有风，就会听到地球在它轴上转着。身侧河谷里冰面破裂，大块漂在水域里嘎吱嘎吱打着旋。西边坚硬的高地倚着低矮的苍穹，像倾斜的巨浪。你为什么来部队？魏宁问。我想不起之前给别人说的解释是什么，我只记得如何盲目、自决地指挥着几十个人笔直地站着。夜里拎着手电站在门前听睡梦中的呻吟。解决完噬心的欲望后，汗在胳膊窝里变冷，顺着肋骨滑下来。

我跟魏宁说，我几乎每个晚上都做噩梦。二十五岁当连长这件事曾给过我三秒钟的虚荣，之后是彻底的惶恐。我害怕失恋的人在夜里站哨时举枪爆头，担心有人在训练跑步时仰面倒下。夜里有时会梦见自己收下了地方老板给的烟酒红包，给他们我没有权力给出的方便，继而是出逃、追捕的梦魇反复出现。组干股股长拿二连的指导员教训我，说人家知道领导爱吃野味，每回领导上去之前，就进山弄一只回来。边防连长要学会搞农家乐。

我不能博取谁的欢心，且并不以此为耻。

除了怕出岔子和纰漏，我还反感养猪种菜。边防连队相比军队，更像中央七套军事与农业频道的示范基地。我想脱身。但我们这些人，除了当兵还能做什么？就像那些坡上的羊，每天啃着石缝里那一点草。南山有比这好得多的草场，可它们走不过去。

半年后，我在家休假时接到团组干股电话，他们说有个调动的名额，问去不去？我没有犹豫，回答，去。

我从琼塔什带走的除了背囊用具，还有魏宁给的一顶帐篷。这顶帐篷可以看见外面，外面看不见里面。

晚饭我没出去，薛排长端了饭盆进来搁在桌上。他拉了把椅子坐下来。

你不饿吗？他说。

我躺着没动。

今天有水洗澡，去吗？

我跳下床，端起脸盆跟他走出帐篷。

排队等洗澡的时候，有人给我让位置。

兜里电话响了，我放下脸盆，朝水车灯光覆盖不到的暗处走过去。

喂。

连长。是我。她说。

我知道。我说。

说话的这个女人是军区文网中心的记者，去年她到一四二团采风，团政委把她送到了琼塔什。当时我们在准备考核，每天拆枪擦枪跑步训练，她来了完全是负担。她到的第一天晚上，指导员在招待室备了几个小菜，叫了三个士官来陪，熄灯后我们坐下来喝汉斯小木屋。指导员问她要采访什么，她说想找人聊聊日常生活，大家轻松座谈。指导员说，谈可以，轻松不了，大家最近挺辛苦。说完没话了。我们的身份控制个性的体量，而琼塔什的海拔和偏僻难行的路况，更让这里的人行知木讷。

第二天，她跟指导员去点位巡逻，我在连队看家。午休时刚想把指导员下载的《釜山行》看了，就接到女友电话，说她逛淘宝看中一个戒指，让我买给她。我先是开口答应了，聊了会儿别的，又忽然想起戒指的事。我告诉她，这个戒指我不能买，她可以选一件同等价位的其他礼物，但不可以是戒指。她平时很明白话语之间的进退，那天却反复逼问。终于以提问的方式跟进。

你是不是没想过跟我结婚？

想过。我说。

什么时候？

我不知道。

那就是没想过。她说。

真想过。我害怕。

我知道她会向我说这句话的出发点的反方向去考虑。认为我害怕承担责任，玩心没收，不想过早被一个女人绑定，诸如此类。我也不愿去纠正她。我不能跟她讲，指导员的老婆要离婚，还要带走三岁的小孩。军医每个月给他女朋友三千块零花钱，相处一年还是分开了。军医半夜发朋友圈：

无人与我立黄昏，无人问我粥可温。无人与我捻熄灯，无人共我书半生。

看见魏宁在底下回复了两句：明朝红日还东起，流水难消壮士心，军医又把刚发的删掉了。我知道，偌大的一四二团总有过得下去的家庭，可我没把握自己有那个运气。去年元旦，指导员妻子上山来看他，自己掏了一千块在山底下包的黑车，下山的时候，我去找矿上协调了一辆材料车。看着嫂子往后座钻，缩在几大包装土方的烂袋子旁边。心想做军属就他妈和往罐头里塞午餐肉一样。今年，指导员和妻子连架也懒得吵了，无话可说，直到对方提出分开。这些人难免让我自我联想。我知道她不是她们，同时也证明不了她不会成为她们。我也搞不清楚是掌控婚姻这件事超出了我们的能力，还是我们的工作和精神状况就不适合结婚。还有我的父母，我没有把握她可以接受一个迟迟不更换浴霸灯的家庭。

那是我们第一次触及这个问题，双方都没准备。话说得不体面，语调也滑稽。晚上，我给那个记者去送开水壶。她请我坐下聊会儿，我就真的一屁股坐下了。第二天早晨五点半，才从她房间离开。临走时我对她说，请你写写我和你说的这些人的事，哪怕就提一下，几行字，证明这种生活是有意义的。

她回去后不久发来一篇小说，请我看完提修改意见。那篇小说的主人公有点像我，比如他小时候想吃泡泡糖，父亲不肯给他买，他就攒了三毛钱，从他表姐那里买了一块她刚刚嚼过的。这件事就是我那晚说给她的。但她写的文章里没有我要找的东西。她的文章就好像在说，喏，下雪了，这有什么意义吗？

这时，她在电话那边告诉我，军区安排她转业。我问她现在什么感觉，她说挺好的。父母和孩子都在武汉老家，她可以回家尽义务了。

她在连队之后两天，都是魏宁在陪她四处转。我想告诉她，此刻和她分担这件事的重量。也想就单单问她，如果神让一个人摔了一跤，是为了教会他站起来，那么让他不见了，是为了什么？

挂断电话，发觉已走到无人的暗夜。我转过身看到人声鼎沸的水车，灰暗矮小、毫无气势的帐篷、梯形巨岩，惊讶于在这片历史上斗争过剩的土地上，这些简陋蛮横的景观怎会孕育出我们力求理性的生活？

看着扑闪脆弱的灯光，想起我们背井离乡孤注一掷，日日苦练，不是为了求死，也不是为了获得一张脑门上发亮的夜视镜下，被疲倦和忧虑侵袭的年轻的脸。我又试图回想，在过去的日子里，到底是我在哪一刻做的哪件事，把我带到了这块高地。是我父亲不肯掏择校费的那一刻吗？还是我下定决心当国防生，队长的提议不了了之的那一刻？是我出塔斯塔拉塔，过克斯尔卡拉时，铁列克提达坂的粗雪抽在我脸上的那一刻？还是我在那天的会上，渴望亲眼见识我的敌人，由此标明我们在此地生、死之意义的那一刻。

被海水劈开的小山跪着，山风巨大的耳语从断崖传送而出。我很想给组干股打个电话，让他们看手机上魏宁最近的一条朋友圈。能写出"君不见玉门亦有春风度，昆仑直下阅大江。黄沙且作瑶池液，我与天地饮一觞"的人不可能逃跑。如果他此时已走入另一个良夜，这座山，从此往后你的名字就叫魏宁。我把帐篷扎在这里，看守着你，使你免受武器和任何暴力的侵扰。当某天我须离开此地，到时可以对你说，那该打的仗我已经打过，当跑的路我已经跑尽，你我所信的我已经守住。

有一回领导要上山检查，我们怕连队的一匹军马乱跑，就把它关进马圈，每天喂苞米。那天外面下起大雨，那匹马伸出脑袋去舔水洼里的雨水。等饲养员报告时，这匹马已经腹胀如鼓，四条腿撑得直直的。它咽气后，我拿刀划开它的肚皮，花了半小时放空它肚子里的气。第二天，指导员率全连为军马举行火葬仪式。他念了一篇发言稿，讲述这匹军马不同寻常、光荣奉献的一生。念毕，全体敬礼，魏宁上前点火。我们站在一旁，看着火焰围裹住柴堆和马匹。过几分钟，我在后面戳魏宁的腰，说这味道真香。魏宁说，这就是荣誉的味道。

等我在离水车将近一公里的地方逛够了，寒冷的夜风将我赶了回去。水车今夜的工作已经完成，我还得多臭两天。

　　科长在指挥帐篷，白天薛排躺过的那张床上，伸展着手脚。像跳伞摔断了脊梁，眼袋更深了。我进去时，他用夹着烟的那只手向我摆了摆。

双人有余

　　小马两岁那年某天，石油地调处的家属院落满夏日暖光，和风吹拂米黄色的确良窗帘。妈妈搂着他坐在床上。他爷爷罩着一身白袍，左脚踩在餐椅上，捏着一只煮透了辣油的羊舌头。

　　突然楼下一声轰响，爷爷扔了羊舌头，绕过客厅中央的茶几、高背椅，油乎乎的手摁在窗户沿儿上探身往楼下看，妈妈也跑了过去，从爷爷旁边挤了个位置朝楼下探头。一辆豪猎小型货车撞进了废弃燃料库的大门，车前玻璃掉了一多半，车里人晃晃悠悠地跳到地上，狠劲哆嗦了一下，抖落满身玻璃碎茬。

　　因着小马他妈的大叫，整栋楼的居民都确定这是小马爸爸而长松一口气。小马妈妈转身往外冲，却被身旁的暖气包挂住了裤脚。回头看，是小马正拽着她。她看看五米开外的床，再看看趴在暖气包跟前的儿子。

"真是个'是非'啊……"爷爷抱起孙子，给他啧啧地舔了口自己的手指头。

马是非的父亲别号马海辉。海辉拌面馆位于家属院出门向左约六十米处。马海辉是个面肚子，六碗米饭吃进去起身就饿。他跑了十六年长途运输，且一生只干过这行。跑车期间有六年，他离家前最后一件事是吃一碗海辉家的过油肉拌面，从远方归来，下地第一件事是吃一碗海辉的家常拌面，直到海辉的老板举家迁往库尔勒种棉花。

他负责一辆超大型货车，从乌鲁木齐开至沿海的深圳、汕头、珠海、福州等城市，出车一次的基本时长为两周。所运货物分两种，一是乌鲁木齐的新鲜水果，二是沿海城市的时令海鲜，偶尔顺带拿些稀罕东西回家。

马是非八岁时的某个冬日半夜，他正睡着，感到有人轻轻捏他的肩膀。

"儿子，儿子……"马海辉轻声唤着，掀开小马的棉被，推进去一个纸箱。

"儿子，儿子，猜爸爸给你带的什么……"

马海辉抓起儿子的手，贴住冰凉的塑料膜轻轻摸过。那个年代，全国喝过雪碧的人不在多数，可小马只是"唔"了一声就又接着睡。

"唉，睡吧，搂着雪碧睡……"

马海辉把小马的一条腿拽过来压在雪碧上，又为他掖好被子，侧坐在一绺床沿上静静看他规律起伏的胸脯，心生愤懑。妻子不说生了个"是非"么？怎么有了这么高档的玩意还继续睡他的狗屁觉？

第二天起床，马是非发现雪碧已从被窝跑去了桌上，他还看见书桌上方的白墙上挂起两把细条大刀，摆成"×"状。

父亲将他从身后抱起反扣过来，马是非像根细面条搭在父亲宽阔沉厚的肩膀上。

"爸爸用这个刀把你砍了好不好？"

"不好！"

"为啥？"

"会死……"

"好哇！我儿子懂事了……"

老马把马是非轻放到床上，跟他们娘俩说，他此次出车，在河南碰上一群人，他们把钉板摆在路中间，叫你非停车不可。他们打开一个麻袋，全是墙上这种东洋刀，四百块钱一把，一对起卖，号称四季发，老马掏钱买了两把。对方接过钱，边点边告诉他，这玩意一分钱一分货，绝对是出口日本的行货，假一赔万。

马是非十一岁那年冬天，乌鲁木齐出奇的冷，妈妈下岗了。马海辉决定带上孩子老婆一同出车。临走前，爷爷叫马海辉从那边再开车去朝拜一趟，马海辉没吭声。他又叮嘱马海辉，无论小马怎么缠头，三口人也一定要去清真餐馆吃，马海辉都应下了。

黄昏的中原苍茫辽阔，大车跑在一条寂寥的柏油马路上。马是非团在副驾驶座上，盖着父亲的羊羔夹克，妈妈晕车吐了不下二十次之后在后座卧着。

"爸，车里装的什么？"

"方片片子。"

"方片片子？那是啥？"

"什么都不是，就是方片片子。"

"方片片子……"马是非喃喃重复，"那有啥用？"

"没啥用，就是方片片子。"

第二天清晨，马是非蒙胧醒着，车子开至某地村口，猛然车子像是碾到什么脆生东西，西瓜之类的。

"啊！"马是非叫。

"轧上老叫花子了。"他爸说，"咱不能停车，他们故意拖来放那的，一停车就讹上了，要你赔钱。"

冷静之后马是非想，一家人拉着一车没有用的东西跑了几千公里，期间还夹带一条人命。

高中时期，马是非入了一个兄弟帮，三男一女。独有他一人与老四睡过觉。他们老是约着去网吧打魔兽。四人约着十三中几个学生在明园门口"清算账务"，最终被敌方一手抽出腰间皮带、一手提着裤腰喊打喊杀吓着了，大叫着"有种！""等着！"之类的跑了。晚上，他们选了一座高档居民楼，在楼下摁人家的应答门铃。

"您好，您是哪位？"

"您好，我们是麦趣尔公司的，我们正在搞促销活动，买一箱草莓牛奶送一盒避孕套。"马是非说。

"啊？"

"还免费上门结扎。"老大补充。

"哎，姐，我把我们老大介绍给你吧。"马是非这么跟我说。

"哦，他现在干吗呢？"

"在冷库卖腊猪脸呢。"

高中毕业后，老大继承父业，成了腊猪脸供货商；老二去了克拉玛依油田；老三马是非去了动物园，老四和家里介绍的男孩订了婚，成天挂在网上斗地主。

在动物园工作的五个月里，马是非先是当狼群饲养员。后来头狼被辆旅游车轧断了右边前腿。夹板刚上几个钟头就被它咬得烂烂的，再上再咬，它看上去再也好不起来了。园方找来专人给它麻醉，用空心针往血管里打空气。头狼卧在地上，睁眼看着马是非直到断气。之后马是非要求调换岗位去饲养些小动物。

领导很体恤，第二周他便到长颈鹿三号池报到了。

每天他都早早过去清扫圈宅，之后打开修得有五个半马是非那么高的饮水池。长颈鹿的饮水池必须修得高，不然它们头低得太下就会晕倒，而若晕倒太久还没人把它们扶起来，它们就心脏衰竭而死。

养长颈鹿的期间，马是非燃上了阿根廷火鸡的饲养员。

有天，动物园来了个身后跟着数十人的部长。有人过来传话，说部长想和长颈鹿走近点接触一下，照几张相片。马是非心想，想进就进，何况是部长，于是开门放他进了圈宅。没想那部长刚靠近长颈鹿，就被踹飞出去，断了两根肋骨，在军区总医院躺了三个月。

马是非被开除了，最后这个月的工资还没拿上。在家歇了一周后，他经当时尚未得知自己怀孕的阿根廷火鸡妹介绍，去了地窝堡机场当卸货员。

按他想的，除了没日没夜的累点儿，这份工作再好不过。在集散仓库，他搬过各种各样的东西，有人托运种鸡，毛茸茸的小黄鸡用纸板隔开装在木盒里，他们从传送带上往下扔，一次一盒，一扔死一半。遇上水果，就抠开筐子，掏出啥来吃啥，不敢多吃，润个唇而已。

有一天，叉车运过来一只木头箱子，长约一米五，宽半米，高一米，看着和他家茶几大小差不多，不过这箱子刚上一辆小货车，就压得车子抬头了。

"谁来搬走给谁三百块钱。"

马是非和阿根廷火鸡妹的表哥一对眼，两人花二百叫来一辆十三铃，想用千斤顶、火钳、铁锹把箱子搞上去，折腾了半小时也没搞出个名堂，只好又掏五十叫了辆叉车把东西弄上车。这样一来，还赚五十块钱，刚好点一份加薯块、粉条的老榆树大盘鸡，外加一瓶乌苏啤酒。不过他们俩在路上和送货员炸金花，各输掉七十多和四十多块钱。

什么东西有这么大的密度？管它是什么，兴许啥也不是，就是五吨重的方片片子。

阿根廷火鸡妹堕胎那天，传送带上过来几筐民封黑鸡，马是非撬开筐子拽出一只，晚上拿到饭馆交了二十块钱加工费，炖了一锅鸡汤。可那晚火鸡妹叫上她表哥和马是非跑去了五一夜市，仨人吃了十来串烤肉，喝了几大杯冰镇卡瓦斯。

相比火鸡妹，马是非对女性造成最为离谱的一次伤害是在小学，他见前座女孩的头发油成绺状，就掏出打火机想在发尾处烧一点玩，但没想到那头发的含油量过高，火舌一沾头发就腾地烧起来，他和同座赶紧抄起书来猛扑。

年底，父亲找马是非正经谈了一次，同意明年他去当兵。当兵好，儿子终于有个安定事情可做，这叫小马妈妈放心不少。临走前，她把一个糖果硬盒塞进箱子，马是非想一定带去分给大家吃。

"你自己打开！别当着战友的面……"母亲说。

与小马妈妈相反，爷爷得知孙子要从军，气得羊舌头都咽不下去了。他想如此聪明的孙子若专心功课，日后定能成为一名伟大的阿訇，在乐园里，在光明中，在全能的主那里，得居一个如意的地位。现在家里的三个儿子，没有一个去过麦加，大孙子娶了一个爱吃馓子和大饼的山东丫头，二孙子成天燃着一个维族丫头。现在唯一能指望继承正统的三孙子也要跑到部队，叫他这个阿吉情何以堪。

爷爷染上了肉瘾，除封斋时，终日肉醉。跑到哪个儿子家吃饭，都因为餐桌上肉太少而爆发脾气。

"牲口哎，这叫饭吗？除了一个鱼，其他都是咸菜！"

爷爷无视桌上的木须肉、羊肺子、辣子鸡，扔下筷子走了。

马是非在卡昝待到第七个月，爷爷和父亲跑来看他。卡昝河连队所在位置的海拔约三千多米，这个七十多岁的老头刚下车就叉腰站在连队门口，冲接他的指导员吼："你们这是什么地方？鬼都不来的地方！"

全连溜达了一圈，指导员告诉他午饭在连队旁边一户牧民家吃，蒙古族女主人乌兰招待他和小马的父亲。

"不去！我不去！"爷爷大怒。

指导员赶紧吩咐炊事员小跑去哈萨克萨吾提家借了一口锅，再偷偷拿乌兰家的羊给他弄了一份清炖羊肉。上午训练结束，马是非从饭堂提上八两米饭去了连队招待室。

眼见马是非拎着八两米饭进屋，爷爷连儿子带孙子痛骂了一顿。先是说儿子把孙子害了，之后又大骂马是非竟只打来这么一点饭，根本是盼他早死。

爷爷过世前的一刻都在骂："勺子吗他！给我们三个人打八——两米饭！"

我来卡昝的前一个月，老人刚过世。老人家得了贲门癌，几坨息肉堵在食道和十二指肠处，吃进去的食物下不去也出不来。

即便如此，马是非还是在住院期间带爷爷出来吃过一次碎肉抓饭，肉很多米极少的那种，比一般的抓饭贵。

爷爷还不知道自己因为癌症住院时，每天早晨在住院楼前的小花园散步。有天看见个汉族老头在练剑，觉得仙气凌人，遂打发马海辉去给他搞一柄差不多的长剑来，要跟着老头学。可等儿子把剑买回来，那位老人就没再出现，爷爷只得自己琢磨。

"快看快看！"大孙子趴在窗户沿儿上吆喝马海辉。

马海辉向外一伸头，花园中间的小径上，他爹双手握住剑柄，端平伸出，屏气凝神，开始转圈。旁边站着几个病友和小护士，一边给他数圈一边拍手叫好。

"乖乖哎——爷爷转十圈了还没晕……"

"老勺子，爱怎么转怎么转去吧。"

过了几天，大孙子一面陪着爷爷聊天，一面给他按摩肿胀的小腿。

"爷爷，现在好多人认识你，你都有粉丝了。"

"粉丝是什么东西？"吃了一辈子粉丝的爷爷天真地问。

"粉丝就是粉条。"

"哦……就算还有粉条，八两米饭也只够我一个人吃。"

下午，马海辉打开电视。新闻频道在播放法国巴黎"11·13恐袭"画面，爷爷让马海辉关掉电视。

"胡大咿……"爷爷闭起眼睛靠在摇起来的床头上。

傍晚时分，黄绿色的臭水从爷爷鼻孔、嘴巴里喷出米。

生命最后，爷爷不立文字，只溅在墙上、大孙子身上、床上、地上一片标点符号。

　　得知爷爷过世后不久某天，马是非领着三匹马去界河边吃草。阳光很大，他躺在河坝的斜坡上打盹。没多久起身一看，三匹马早不在近前。向远处打量，见三匹马正朝界河里走。

　　马是非拔腿就往那边跑，如果三匹马过了界河中线，就会成为外交事件，三匹马只能等明年中哈会晤时才能遣返回来。

　　三匹马已经下到河里，正朝中线移动。

　　"回来——你们快回来！求你们了——快回来——"

　　三匹马回头扫了一眼马是非，继续小步向前，速度有些缓了。

　　马是非冲进河滩，跪地挥舞着手臂大喊："大爷，求你们了！爷爷我求求你们，快——回来——"

　　三匹马停住了，之后接连摇头晃脑地回到岸上。马是非在归队路上边走边哭，心心念念地想着"爷爷……"，想起包库的箱子里还放着妈妈的糖果。

连队的储藏室里，他双手捧着盒子盘腿坐下，小心翼翼地揭开盒盖。根本不是什么巧克力糖果，里面是一小沓避孕套。

时值冬天，马是非晚上往套里灌上热水扎起口来，放在连长肩膀受伤的斜方肌上来回滚动。连长舒服得直嘘溜。

刚从新兵营分来连队不久的一天，马是非跑进厕所，站到连长旁边，扭头看了一眼连长下面。

连长也扭过头来看了一眼马是非。

小马，你尿尿会分叉啊。

马是非低头一看，果然，前面一路滋到了池子里，另一路滴进了裤子。

马是非问连长，想学吗？

马是非高中毕业，女朋友谈过七八个，连长在宁夏大学读完"4+1"的国防生，却总在坐等马是非这种男孩生怕甩不掉的女孩垂青。

团政委有一次在全团干部的婚恋教育课后发飙，说你们找的啥述老婆，比人家士官找的差远了，义务兵随便白活两下也比你们强。昨天，咱们团的某位，啊，某位机要参谋，跟谈了两年的女朋友吹了。问他为什么，他说不知道。我联系人家姑娘了解情况，人家跟我说啥？政委，我俩谈了两年，手没有拉过，连嘴都没有亲一下，他应该是心里有别人呢。哎，我说，牲口吗？当将军你们不会，当流氓也不会吗？！还有一些人，刚谈第一个，就马上打报告结婚，刚结婚又领表打报告要离婚，这些事都要人手把手去管，你们是我生的吗？！

团政委担忧的这类傻干部，就包括连长。毕业前他陪喜欢的姑娘去如家开了一间双人标间复习功课。进屋，姑娘脱了外套，盘腿坐在床上，把包里的书倒出来。连长走过去问她，你喜欢我吗？姑娘抬头，摇头，说不喜欢。连长说，哦，你看书吧。说完走到另一张床前，拉开被子躺进去。

马是非表示，一般来讲，只要这个姑娘愿意跟你走进一家酒店，她就已经明确表明了态度。除非男的先天不足。

连长也说想不通，他确定自己身体没问题。

马是非问，要是女孩穿了条新裙子，你咋夸她？

连长想了想，说，肩若削成，腰如约素。延颈秀项，皓质呈露，芳泽无加，铅华弗御。披罗衣之璀璨兮，珥瑶碧之华琚……

马是非问，啥？

连长问，咋？

你就说，脱下来给我看看。

唔，受教了。

马是非沉默半晌。连长，你用过套吗？

用过。连长点头。

野外训练的时候套过枪。连长说。诺曼底登陆的时候，美军把避孕套套在枪口上，防止泥沙和粗砂堵塞枪管。越战的一些照片里，有拍到一些美军的M-16步枪上套着那个，连部电脑里有啊，你可以去看。

初中时，马是非的妈妈给他买过一本全国中学生优秀作文选。里面有篇作者写他小时候，妈妈把他的内裤晾在屋子外面，春天，是刺槐还是杨花四处飘飞，有一些沾在了内裤上。晚上洗完澡他穿上这个内裤，就觉得很痒，然后摩擦摩擦，意外打开了新天地。但是摩擦了几次，好像破皮了，还发炎了。给他妈妈发现带到了医院。他很想把这本书找出来再翻翻，可实在想不起来书放在哪里，还是已经卖了废品。

卡昝河的暴风终日找寻一个凶恶的日子毁了人类，六月份还得穿羽绒服。国旗是用九块钢板拼起来钉在墙上的，要是涤纶面料的国旗，一个晚上就吹得稀烂。我和马是非常爬到马厩里，偎在马草垛上聊天。对于存留记忆里的各种人生情境，我们相互探讨，逼近某个点时又一同弹开。对于生活，我俩在一条准线上，谁也不比谁知道得多。

某个狂风大作的晚上，我在招待室的客厅等着马是非送热水洗脸。十一点时他敲门，提着两壶热水放到墙边，说："外面一个东西可有意思了，看不看？"

马是非带我溜到浴室那头的走廊深处，把我往窗边一推，说："喏。"

窗外绛蓝色的浓稠天幕上，有一桩摩天高楼状的银灰色云彩。

"刚才闪电了。"

"哪儿呢？"

"你等等……"

突然那大云被强光照透，又瞬间黑下来。

我们在浴室前坐下，他问还记不记得曾说起过前座那个女孩，被他点着头发的那个。他说他们又见面了，在高中那会儿。她变漂亮了，尤其头发，后来两人恋爱。因为马是非是回族，那汉族女孩买了一口炒菜锅，和父母分灶吃，还在头上包帕帕子。

"我哥娶了一个汉族，我不可能再娶了。"他点了一根军医给的假中华，说，"我俩爱得分不开，可我有一个家族的亲戚，不可能不管他们的看法"。为了躲避那段恋情，马是非报名参军，新兵连第一个上交手机。两年服役期满后他不打算调士官，直接进石油队工作。石油队春天进沙漠，干五六个月回乌鲁木齐休假。不计工作量，每月发三千来块钱。

我说你们队上总需要人做饭吧？我去行不行？他说队上全是男人，顶多带我进去转上半天。马是非又说，轮台县那边有个"三八台"，一个鸡村，建筑清一色俄式小二楼，站着各种肤色的女人，还有从俄罗斯过来的。石油队定时开着大卡过去。

"三八台……带上我吧！"

"麻哒没有，尕尕的事儿嘛……"他转而惊异地看着我说，"唉，你也是个'是非'……"

"是非"是新疆话，指为凑热闹满足好奇而不计代价的人。外人看来他们不正经了一辈子。是非的人心里有数，他们一辈子都专心干这一个活儿。这活计好到说破了要遭雷劈。好到除了自己，副驾驶上坐一人都是多余。

那天，马是非在打包参军的行李，母亲拿来一盒糖果让他装上。俩人正说话，楼下一声巨响。马是非和母亲趴到窗边探头一看，一辆小车撞进由燃料库改建的车库。

"妈，爸又吵是非了哎。"

"老勺子，爱咋撞咋撞去吧。"小马妈妈转身回到行李箱前，把小马扔在衣服上的糖果盒往里掖了掖。

站在四楼窗边的马是非心想，看来方片片子就是方片片子，永不变质。

垄堆与长夜

接到一周后去塔县一〇一团报到的命令时，我脸都木了。估计一〇一团的人听说从上头分下来一个小年轻，还是耍笔杆子的，表情也很难看。

刚到塔县那些天，想起在学校念书的日子。独来独往，背后站着仨俩抱团的人，那种滋味不好受。在这边，我打算趁早交几个共事的朋友，挤到他们中间去。

被装关系到位之前，他们给我三周时间自由活动。开头那几天，我每个下午都去塔县的集贸市场转悠。市场里房顶破裂、墙体灰暗。支起的草棚里堆积着陈灰和破草筐。烈阳下，尘柱碾过打蔫的水果、变色的生肉，停在装小饼干的纸箱里。太阳从棚顶的破洞投下不规则的昏黄光晕。河南人、山东人、四川人、陕西人、甘肃人在涂着红漆的铁门内外搬弄商品，闲时三四个人凑一起，牌打不热闹、话也难聊。有时坐着坐着就一言不发，互不瞟看，像是熬了几夜。维族的卖肉店家在门口盘腿而坐，仰头倚着墙。

塔吉克妇女头顶花帽和白色纱巾，坐在杂货摊前一长溜皮带后面。小孩在水果摊前磨蹭，盯着塑料泡沫上几个黄黑的皱皮芒果、长黑斑的香蕉。时常大风侵入，街道上明暗光影迅疾移走变幻，塔吉克商铺棚顶的花色床单翻飞。不远处的山脊游入云幛深处，雨雪降下。众人就近进屋躲避，在阴暗房间里坐着，两条老寒腿来回抖动，用唾沫濡湿嘴唇。

新群大肉店的老板常带我去塔什库尔干路入口的水产副食店，打过几把牌。只是我很快意识到使错了劲。市场不是我的工作环境，跟他们熟到把老公让给我睡也没用。于是我扔下牌，从市场辗转到了活动中心对面一家彩票站。彩票站门口支着伞，摆着四套桌椅，点一杯茶两块钱。不过喝茶的少，大都自己兜里揣着酒，蜷腿坐在地上。除了戴小帽的本地人，还有团里、机关里的爱来这打个转。酒喝到热，大家说一说哪个连长又查出来心室肥大啦，军医的小孩生下来脑积水啦，谁谁谁又被老家的老婆给绿了啦。人们扎在一起，彼此剽窃消遣习惯、秃顶、心律不齐等常见的毛病。有时候，会有初来乍到的冒失鬼，把这些毛病和帕米尔的水土扯到一起。待长了，又觉得之前想的有点浅，关乎命的事，只有神知道。扯到一定时候，大家只动嘴，不出声。塔吉克酒徒循味在小桌旁或站或坐，没有表情，眼神像车轮毂盖上的白炽反光。谁兜里有烟，掏出来散一圈。大家换过瓶子接着喝。在塔县任一处，每当大家举杯互看，就知道一条牛身上剥不下两张皮。太阳晒裂众人沉闷且便宜的忧思，重新排列成鳞叶点地梅的花形。

我去犁磊鑫超市买了香干、瓜子、软面包，撕开包装，摆在桌上，有时候捎两瓶"小高原"过去。有一天，一个叫卡尔旺的老头摸了把瓜子，在咬开酒瓶盖的时候，冲我笑了。

卡尔旺有一张红灰色的瘦长脸，遍布细缝裂纹。嘴唇乌紫，下嘴角的脓疮像个弹眼。睫毛浓黑纤长，烈日下投出的影子拉至嘴角。毡帽和一身晒得发黄的旧式迷彩像长在身上。不到六十岁就被劣质烟拔光半数牙齿，捱过两三年消化不良的日子后，胃溃疡肝硬化心脏七根血管堵死三症齐下。他经常吃了晚饭，拎上两块钱的半斤装"草原王子"，跑到红其拉甫路上的移动营业厅门口等着。冬夜里，常被巡逻武警从雪里扒出来拖上车，之后掀进随便一户能敲开门的亲戚家。车里，他攀住人家大腿，伸出冻肿的猩红指头拨弄对方胡须："你这个同志嘛，怪——得很。"

卡尔旺老头每天都在，两只手抱着"小高原"，半闭着眼倒在椅子上，我问他，他的头疼不疼。卡尔旺睁开蓝色的眼睛，瘦骨嶙峋的脏手抹了把嘴唇。说他的头也疼得很，尤其是爬到山上去找羊的时候。但是呢，他爸爸和他爸爸的爸爸都在这里出生，在自己的家，头疼也不好意思说。

卡尔旺的孙女现在县寄宿小学念四年级，我刚到塔县那会儿，看见她在艺术活动中心门口的水渠边坐着晃荡双腿。我走过去时，她盯着我，和身边的小男孩窃窃私语，挤眉弄眼。

你笑什么？我问她。

她不吭声。

吃糖么？我掏出糖盒。

他们几个相互看看，捂着嘴笑。我把糖盒抛过去，她伸手接住。

你不去上班吗？她问我。

不上。

为什么？

因为我是领导，我回答。

她"腾"的一下站起来，小快步跑到我面前，"叭"地打了一个队礼。面容严肃紧张，飞快地说，领导姐姐好！您为什么不早说您是领导呢？

在四月县文化艺术活动中心举办的"'友谊之旅'塔县赴塔吉克斯坦综合文化交流汇报演出"上，卡尔旺罩着一件道班工人的马甲进了后台。节目结束时跟着演员一起上了台，扛起话筒架，边转圈圈边向台下挥手。底下那些坐在过道、墙边暖气盖子上的小青年们狂喊、拍巴掌、打呼哨。

演出开始前，卡尔旺的孙女挥着几支玫红色塑料花跑去找我。他们不让小孩子进去，要有大人带，她嚷着，我爷爷没有票！

我牵着她跨上活动中心的台阶，往大厅走，孙女在门口被特警拦下。她是我姐姐，她仰着头对那人说。

你是哪里人？那人问她。

河南人！她叫起来。

县文工团团长的女儿唱完《友谊》，她跑上去献花。下来以后，借过我的耳朵说，我以后也要当领导。

当领导有什么好的，我说。好的呢，有好多的男朋友，还有好多的女朋友，她说。有段日子，只要碰上我，她就跑过来坐我的腿。告诉我谁谁去了新一期的《天天向上》，卫视八点档自制剧的女主角已做好逆袭的准备。

卡尔旺和他的孙女对"领导"抱有很高的期望，卡尔旺曾向我开口，希望我帮他们家办一件事，我就直说了我办不成。我自己的事都搞成这样。我不再常去彩票站，在那之后，交朋友变得难于一年级的小孩学写"犇磊鑫"。

我在外头转悠的时候，团里也在打听我。除我以外，全团唯一的女人，卫生队的女医生潘姐，请我去她的诊室吃香蕉。

她坐在那里，发愁的表情。小余，团长愁死了，安排你干哈呢？女的在这，干啥都不好使。也不好意思带你出去吃饭，老东西说话粗得很，你往那一站，他们都张不开嘴了。说完她笑起来。

你有对象了么？她问我。

我摇头。

你是不是雷政委的女儿？

我抬脸看着她，摇头。

潘姐的脊柱松弛下来，伸出手来揉摁我的肩膀，说，不是还好一点，打算待多久调走？

我摇头，告诉她我不知道。

她的手绕到我后脑勺，拉出衣领里的辫子。你染的什么颜色？她问。

没染过，我说。

这颜色选得好，潘姐说，接近发色，不招摇。

第二天中午，我蹲在艺术活动中心门口晒太阳，团里的司机小姚过来了。他先递了根烟给我，我说不会，他就自个儿点上抽起来。我问他中午和谁攒的局，他说一会儿下喀什，四阿婆火锅，吃完去拿刘志金的骨灰。我这才知道刘志金挂了。

刘志金以前在团里，转业后回了四川老家，查出心脏有问题。做搭桥手术花光了新房首付，老婆就改嫁了。做完手术正恢复的时候，老母又殁了。今年四月他回到帕米尔，说自己满打满算不到三年阳寿。刘志金常在新华书店对面的商店门口台阶上坐着吸阳气，有时候和卡尔旺他们在彩票站门口喝酒。笑哈哈地问人家，嗨呀！听说汉族男的娶塔吉克姑娘，国家给五万块钱补助，是真的吗？

这边不少人都有那种偏好——四下里比对谁活得更惨。刘志金呢，通常为大家的这种偏好服务。他们还不知道他做了什么，就说他做错了。

老刘，看看你，感觉自己的日子算可以了。刘志金你太怂了哎……离婚之前睡过你老婆没有？房子给这种人你的脑子烧坏掉了吗？

刘志金就点着头冲人家乐。还好还好，谢谢谢谢。

我和卡尔旺熟的那阵子，和他也说过话，他问我怎么来的塔县、老家在哪、学的什么专业……我都和他说了。有一个瞬间，他眼睛发红，说我不容易，一个人做什么都难。

有一天，我捂着肚子蹲在超市门口，他过来问我怎么了。其实我就是蹲着，没任何事。

我胃疼，我说。

老毛病么？他问。

不是，来了才疼的。

哦，我有办法，吃臭豆腐。

哪种臭豆腐？什么牌子的呢？

不是那种臭豆腐，他很得意，是把豆腐放臭再吃，吃了就好。

刘志金加了我的微信，除了转发养生帖，还专门发些诸如"这八十句话，教你如何经营一份幸福的爱情（不收藏是你的损失）""你不懂我的沉默，又怎懂我的难过"这样的文章给我。有两天，我在超市门口没见着刘志金。两天之后，他又敞着个夹克，溜着马路牙子过来了。那几天，不知谁家的小子买了一辆崭新的枣红色北京二蛋，成天在县城兜圈子，经过人多的地方就踩油门。刘志金挨着我坐下，指着面前的马路说，再等一等，很快就开过来了，我数着这是第十二圈了。

有一回他打电话来，问我张家界好还是凤凰好。张家界我没去过，就夸了一通凤凰，说完我问他还有事没，他说没事了。那我挂了，我说。他赶快叫住我，小小的声音说，别说挂了，那样说不好。

小姚说，前几天，三连机要参谋接到他儿子学校老师的电话，说要开家长会。参谋媳妇正巧在阿联酋开会，参谋愁得很，刘志金就提出来要替参谋去给他儿子开会，开会那天，他一早动身下了喀什。

刘志金满学校找不到参谋的儿子，打电话给参谋，参谋叫他去附近网吧找找看。八月的喀什酷热难耐，他满头大汗，四处找网吧，在香烟缭绕、叫骂不绝的屋子里前后穿梭。举着手机里的照片，对照显示器前明暗交替的模糊脸孔，向被他搡着的人说不好意思。

家长会在下午六点开始，刘志金还是没找到参谋的儿子。走进教室时，他汗水扑簌、口干舌燥。脸前的讲台像漂在河上打旋，地面瓷砖则像车窗外的安居房联排闪过，他只好闭上眼睛。人们在走一段长路之前，都要平心静气地坐一小会儿，盘算下辈子一定得找准矿脉再打眼。混在一群打瞌睡的家长里，他死得没有一点动静。

刘志金过去的班长，托了喀什两个战友去把他火化了。盒子这会儿搁在喀什第二客运站的行李寄存处，等着小姚去取。

这怂没了，觉得缺个意思，妈妈的。小姚站起来，拍打了两下屁股上并不存在的土。

那天周六晚上，作训股的股长给我打电话，说红其拉甫连指导员的父亲来看儿子，明天就回老家了，他组了个饭局给他饯行，请我也过去。

股长在兴旺酒店订了一桌，全桌有我、股长、宣传股小冯、小姚、刚退役的驾驶员刘迎、县委的小王，还有刚从红其拉甫连队下来的指导员的父亲。老人从山东泰安来的，刚上了趟山去看儿子。

股长安排指导员的父亲和我挨着坐，老人谦恭而安静。

我每回给他倒水，他都欠身道谢。桌上摆着牛肚焖锅、爆炒羊肝、皮芽子炒鸡蛋、毛血旺、丁丁炒面、夹沙肉、干锅土豆。两瓶白酒。

股长指着刘迎，你这个狗东西，只要让你做主，就是这几个屁菜。股长扔下点菜单，又加了一壶奶茶。人齐之后，桌上好一阵子没人说话。

股长端起了碗，说，今天，主要是为欢迎家长，也是欢送，欢送我们刘指导员的父亲。再有，这是第一次和咱们余干事吃饭，我感觉很荣幸，面子很大，能请到咱余干事。他停了一下，又接着说，我们几个老述儿好久没见了哦，每天都忙，述忙坏了也不知道忙啥了，第一杯都干了！

大家纷纷仰头，又落下手来。一片咂嘴叹气的声音。刘志金的盒子摆在股长旁边的窗台上，窗帘被风吹动，一下一下地揉着盒盖。

你的酒没动。股长看一眼我的杯子。

我不会喝，我说。

来了这里，没有不会喝的。

我真的不会喝。

女娃娃，可能就是喝不多。指导员的父亲说。

女的才更得喝呢，这么冷的天，喝两口才活血。小姚说。

你他妈的做过女人啊。刘迎说。

小姚做了个给他一拳的姿势。

我一喝就吐，我说。

吐了我们给你收拾。股长说。

还不光吐，我有胆囊炎。我说。

没事，至少你还有胆，我们的早就摘了。无胆英雄。股长说。

我真不会喝。我说。

股长斜着眼睛，背挺得很直，嘴边两道法令纹弯成括号。你废话太多了，我现在就教你喝，好吧？小姚，这瓶酒给你。我给你倒，我倒多少，你喝多少，喝到我们余干事把她的酒喝完为止，好不好？股长走到小姚边上，端起他的碗往里倒酒。

小姚很兴奋，呷着嘴搓着手，说，余干事，你救不救我？他拿起杯子，低头再扬头，大概到第五杯的时候，我端起了自己刚才就该喝完的酒。

这就对了，股长说。全桌人为我鼓掌。

能喝就别装，装的人，我们不喜欢。股长说。

小同志，吃点菜。指导员的父亲对我说，你老家哪里的？

河北，我说。哦，好像也离这不近啊，老人说。

我们余干事大学就是搞文学的，听说那是，啊，特别有才。股长朝大家使了个眼色。

指导员的父亲赶快放下筷子，从衣兜里掏出一张纸，抖抖索索地递给我。

小同志，我写了首诗，请您帮我看看，能不能发表了，鼓励鼓励我儿子。老人说。

我接过暗黄脆薄的信纸。他们都叫我念出来听听。

父母探子感受

行程万里渐渐高

感觉气温渐渐冷

呼吸氧气渐渐少

雪峰军营渐渐近

见到儿子泪汪汪

身边很多好儿郎

高山缺氧不畏惧

甘心吃苦守边疆

军营温暖战士心

十年戍边也无悔

父母回去把心放

我们守好咱边疆

还没念完，我笑了出来。

笑了？你笑什么？股长斜下身子，伸过脸去眯着眼瞅我。

这么好的诗！刘迎说，余干事，你笑什么？说出来也让我们笑一笑吧。

我紧闭着嘴巴。股长开腔了，口气像儿童节目主持人。余干事在笑话我们吧？我们确实没有余干事聪明嘛。要不然你上学我当兵，你这么年轻就坐办公室吹空调，我们一大把年纪了还满大山地跑。他指头点着桌子。但是大家都看闲书、吹空调，正经事没人干，怎么办？是不是……谁来干活呢？

我把那页纸叠了又叠，塞进钱夹。跟老人说我会找报社的朋友，请他帮忙看看。

哎，吃菜……吃，凉了，叔叔您快吃。小姚站起身给指导员的父亲夹了一筷子肚丝。

大家装着吃饭喝酒。

他妈的。小姚对着墙角吐了口痰。你们说刘志金上辈子干了点啥，这辈子混成这样，一件好事没摊上。

小王一听有点着急，哎，说啥呢，人还在这坐着呢。

怎么了？小姚扬起半边脸，就是说给他听，听不见我还说啥呢。

股长刚才扒了几口蕨根粉，这会儿撂了酒杯，说，哎，我跟你们说个刘志金的事，有一天团里开会，叫刘志金来做记录，结果开会的时候，人找不见了，团长说找不着算了，马上开会，可是政委不答应，说必须找到。然后团长去厕所解手，看见刘志金在里头抽烟，就问他不去开会，在这里干什么。刘志金吓傻了，憋迷半天，说，报告团长！我在想，如果中国真和日本开战了，咱是先炮轰，还是空降。

团长什么表情？小王问。

股长说，团长就跟我现在这样，特别严肃地看着刘志金说，如果真打起来了，我肯定先一枪毙了你。

冯干事狂拍桌子大笑起来。

这怂活该被枪毙啊……刘迎嘘溜着牙花子，手指头来回抹着嘴唇。

我看到了谈话中的那个豁口，一个机会。知道一旦我进去了，便是真的进去了。酒、缺氧、刘志金的话题，连同大脑里疯狂活跃的杏仁核一齐挤压我的灵感，使刘志金和过去学校里一个人的形象终于攥到了一块儿。

这人是系里一个杂务，父亲过去是学校的老职工，为了照顾这个关系，给了他一个位置。这个杂务每天晚上从不回家吃饭，都在外头找人喝。一天半夜，他从男生宿舍查完寝路过水房，我们班一个男孩在里头刷牙，他走过去，突然胳膊上去钳住那个男孩的头，把他塞到水龙头底下，拧开龙头冲他，还一边问他，你是不是男人？你到底是不是男人，说说看，是不是男人……

有一天，我半夜翻墙回来，看见他坐在宿舍门口的台阶上，两只手捂着脸。我走过去，拿手机拍了他几张照片。突然他松开了手，望着我，说你活着回来了啊，很不容易吧？他疯得差不多了，可这话打中了我的心。

说这刘志金吧，他的事我也知道一点……我起了这么一句，大家全部看向我。我说有一回，刘志金去连队查寝，喝多了，查完寝路过水房，见一男的在里头刷牙，走过去一下把人摁到水龙头底下，拧开龙头就冲人家脑袋，说哎你是不是男人，到底是不是男人？等那人反应过来，转身就把他给揍了，刘志金这才看清那他妈的是指导员啊。都这样了，刘志金还喝，喝完了坐在团部门口台阶上捂着脸哭，人家问他干吗大半夜的不回去睡，他说他老婆是蛇精，白天还是人，天黑就变蛇。

大家笑得敲盘子打碗、脸庞发亮。刘迎前翘的下颚骨贴到了脖子上。小姚踩着凳子，把我拉过去，我操，你听谁说的？

我说，你们知道刘志金坐飞机的事么？他们瞪大了眼摇头。我点点头，说刘志金转业那年第一次坐飞机，和一个复员的小战士一块儿飞成都，到了饭点，空姐不就推着餐车来了么？给每人发一盒饭。刘志金从空姐手里接过来那个餐盒，特别激动，捧在手里来回把玩。小战士赶快放下桌板，打开餐盒就吃。他那边开始吃了，刘志金才意识到。可是他没看见小战士的小桌板从哪来的，又不好意思开口问。那小战士呢，故意不吭声，埋着头一通吃。等小战士吃完了，他还端着餐盒。他就问小战士，说哎你这个小桌板从哪来的？小战士特无所谓地往他旁边一指，说你问他们吧。刘志金就顺他指的方向扭过头去看，他看那边的时候，小战士赶快拿起餐盒，收起小桌板，等刘志金回过头来的时候，特别惊讶，说哎你的小桌板呢？小战士说，没有呀，我就这么吃的啊，什么小桌板？

操这个废物！绝对是他妈的刘志金！他们眼角沾着笑出来的泪汁，跑过来给我敬酒，将我酒杯的杯底扶到他们的杯沿旁边，清脆地杯盏相撞。小姚为我的碗里盛上洁白的米饭。小王扶着桌子，油锃锃的脸埋进臂弯，肩膀在颤抖。

指导员的父亲给我倒上酒，说我儿子每个月给我们汇四千块钱，自己留五百。我和他妈还高兴他找了个好工作，来了一趟才知道这个情况，还不如我带着他在老家种大棚，现在草莓十四块钱一斤了，日本美国都来收，还有城里的一家子开着车来，现摘的更贵……

他说的我都听见了，可是顾不上搭他的话。

还有一次，还有一次。我兴奋极了。讲刘志金从ATM机子里取了一千块钱，板儿逼全新连号的，回去嘚瑟了一大圈，第二天人家说，哎，来看看你那钱，刘志金说，没舍得花，昨晚上全存回去了。

板儿——逼，嘚——瑟。小王拍着巴掌慢悠悠地念。指导员的父亲跟着他一起摇晃脑袋。

太坏了，股长凝视着手里的杯子。不能得罪写字的人啊，日你妈的，这嘴损人太厉害了，说出来跟真的一样。

不怪余姐，冯干事说着指了指盒子。

股长点了点头，说，没错，小余是个好同志，我不会看错人。

余姐，相见恨晚，啥也不说了。小姚一条胳膊搭上我的肩膀，悄没声儿地喝干了瓶底。

看看，你看看，别给我介绍了啊。刘迎自己在那抚摸肚皮。我不准备折腾，没意思。他朝小王要了张名片，心满意足地捏着一角剔牙。我推开酒杯，和他相视一笑。街上的灯桩亮了。蓝紫、玫红、鹅黄的色块间隔伫立，满树梅花形小灯晶莹璀璨。仿佛塔什库尔干真的长出了挺直的树木，人们心上开着小花。

从饭店出来，我们开车去了河边。股长抱着盒子往河滩走，打算将刘志金送上漫洄水路。下坡的时候，股长胶鞋打滑摔了一跤。他抱着盒子爬起来，给了跑过去扶他的刘迎一脚，吐着唾沫大骂，刘志金我日死你哎！老子对你那么好你还搞老子一下，太不是东西了哎你！

头顶上的暗黑云块，拖着敦巴什大尾羊肚腹长毛一般的雨带缓行。缺氧使人记忆减退。那些个倒霉鬼，被调戏的，我们唯一可称作是朋友的人，像案板上的苍蝇不会久留。

谁说前任团长在大会上讲，高原上的人啊，有三大特点，第一点，容易忘事，第二点，啧……忘了……

返程途中，刘迎开车，大家歪过头去睡了。车窗外，月亮投出一道湖蓝色的弱光，照亮大地千峦的奇巧安排。犬牙交错的石台像海里最远的岬角，亮着灯的团部像落入风暴的窄小渔船。罗布盖子河一条支流的侧坡上，今年春夏第一拨金露梅起伏盛开，色如卡尔旺家卖十块钱一罐的酥油。麻扎里，塔吉克青年墓地上的瓷质马鞍幽明发亮。明铁盖达坂下，大量的山地物质被流水侵蚀、搬运、堆积在山前地带。帕米尔上遍布垄堆，不长草木。不长草木的垄堆真孤单。

何日君再来

老赵和卡昝河连队关系不错，连队的人上下温泉县城都找他接送，全不以那件事为然——

二〇〇〇年那会儿，老赵载着三连的战士上山挖野菜，顺便弄了几根党参带给八连司务长。当天正巧生活车拉上来几根牛拐，连长就叫炖个汤。汤端上桌，除了连长因为一喝补药就流鼻血没碰之外，每人一碗。

半夜，一班的一名甘肃小战士摸进连部放炮似的喊："报！告！连！长——外面来了一个营！"

连长滚下床往外冲。拽开门，众人似分散的飞蛾。三班班长赤膊光脚，双手捏着两只空纸杯，蹲在厕所门口哭。炊事班的小崔一手抓着一只鞋，在走廊的墙上狂敲，呼喊着："我要喝可乐——我要抽中华！"有人搂着盆栽干呕，有人趴在窗台上，两只筋肉横飞的大手交替抹眼泪、直不起腰，有人吊在门框上做引体向上。

连长把甘肃小战士一把逮到跟前："在哪看到一个营？！"

甘肃小战士满脸绯红，瞪着眼睛大喊："连长！你看那个营（人）！我亲——眼看见他从外面爬进来的！"连长往他手指的方向一看，指导员蹲在窗台上连冲他招手说"哎，嘿嘿嘿"。

连长关起连部的门，汗流浃背。一根连一根往嘴里送烟。枪搁在桌上。天亮时，他起身开门出去，打算放掉今生肚里最后一泡水。当他站上走廊，连队已悄无声息。往各个班里一瞅，人像毛胚房里的建筑材料，散乱地倒在床上、地上。他轻手轻脚地上前，用食指挨个试他们喘气。没有断气的。

第二天，大家陆陆续续起来跑操，好几个人叫嚷身上有地方肿胀，痛，划伤了。中午，机要参谋喘着大气跑到连长旁边，说可以叫老赵再弄点猛药来吃吃，他今日的体力格外够用。

连长把我在连队之外的活动全交给老赵安排。老赵问我想在卡昝看看什么。我说想听阿肯弹唱。他说正好认识一个，联系好了过来拉我。

过了两天，文书跑来说老赵的车在连队门口等我。

老赵开车，哈萨翻译坐在副驾驶座上。老赵伸出右手食指戳了他胳膊一下，说："这是翻译，"又转动手指头对着我说，"这是记者。"

车子上路，翻译回过头来，他五官清晰而秀气，眉毛粗黑，眼睛泛着幽蓝，胡茬拉杂。他说最近和田下大雨，沙漠冒出来很多草，连野兔子都有了，应该写篇报道。

"想听个啥歌？"老赵低下头捣鼓CD盒。

"有没有邓丽君？"

"放家里了。"他说，"喜欢《何日君再来》吧？这歌有故事……"他笑起来。

"啥故事？"我又问。

"喝好了我就告诉你。"他说。

萨吾提家的女人为我们端来奶茶和干馕。老赵咬开一瓶酒，说边喝边等。我问他和萨吾提约好了没有，他说约好了，不过别抱多大希望，因为"牧民的钟表都挂在家里"。

我们打了几把牌，老赵逢输就喝，面色消沉。我问老赵能不能讲讲那支歌，老赵表演似的打了个大哈欠，连连摆手。

过会儿他倒头睡了，留我和翻译坐着。

翻译盯着放在橱柜上的小黑白电视机出神，墙壁钉子上挂着一块布帘，做乃麻子时用。布帘底下一方土坯灶台，上头搁着一口煮肉锅。也许我们待会儿一边吃肉一边听歌。他们会给我倒个满杯，叫我给足面子一口干了，别偷奸耍滑。

翻译开口说："连队我很熟的，他们要印哈语的'科学观'啊，'讲团结'啊，都是找我翻译。"

老赵之前在温泉县经营一家美术用品店，替人做户外广告，兼卖羊头。他常开车去找翻译他老爹喝酒，看他有没有上山捡着羊头、狼牙还有化石。这之前他和小他十来岁的温泉疗养院护士订了婚。

翻译和老爹住在木洛夫斯太，著名的蛇窝。翻译自考那年初春，木洛夫斯太的旱獭越过国境线，往西扩大地盘。因为这里蛇多，旱獭们很少见到哈萨克斯坦的土老鼠。不知道它们身长三寸，尖长嘴，招风耳，尾尖像开叉的马鞭，跑起来像豹子，吃起来像猪。

木方旱獭大败而还，活着的把死了的拖回洞穴。天暖之后，尸首腐烂生出病菌，先染给在草原上活动频繁的黑鼠。染病的黑鼠烧得成群往河边跑，大多数来不及沾到水就死在河边，也有的掉进河里，顺着水流漂向下游。

同年仲夏，新疆石河子小白杨酒厂拉着一卡车酒跑来温泉。车子停在孟克特大街尽头的广场，酒厂师傅把三十多箱酒厂新出的醇香型白酒搬下车，堆放在地上。搭起一排遮阳棚，支起彩色塑料折叠桌，摆上一次性纸杯。请大家免费试喝的大红绸广告横幅被挂在高处，站在县城另一头都能看清上面的字。

下午四点半，师傅们点了一挂鞭炮，摁下音响开关。这一个馕从城东滚到城西还热着的小县城立刻热闹了。沿街窗口的各家都伸出人头，大街上充满笑声和呼叫。到处响起带门和上锁的声音，人们像岩浆流入大街。

阳光像撕裂的金帛掖在各处，女人坐在马路牙子上，双手托着下巴，头巾忧伤滑落至颈间。老人的羊圈修到一半不干了，躺在大树下的草窝里，眼珠翻白，嘴唇微张，粗壮的大手按在马蹄一般结实的肚皮上，脖子涨红。

小职员晃到马路中间的黄线上躺下，路面像手帕泡在他的泪里。

开饭馆的老板娘把孩子放进醒着面的铝盆，小孩躺在软和的发面上咂巴着通红的小嘴。老板娘把杯子里剩下的福根嘴对嘴喂给他，喂完趴在面板上睡着了。向着她的侧脸和发辫，透明空气中的面粉亮晶晶地徐徐飘落。

牧民耷拉着脑袋骑在马上，太阳下的坚硬面孔在溶化，随着马匹颠簸，嘴唇一下岔去了右腮，一下滑进下巴。

老赵等在那里，替老爹把马拴在遮阳棚背面的大树下，像将许愿的小船放进河水将他送入人流。老爹静静地排着队，挨个从每一位促销小姐手里接过纸杯，一饮而尽。

枣红马在一边打着响鼻，一泡艳黄的尿液激得泥土翻起幼小的瑰丽气泡。老爹窝在树下，棕黄色的眼睛浮出清泪。老赵蹲在一旁，一手搓着头顶的茸毛，一手捏着手机。

"喂？老婆，喂？你在哪呢……我爱你，我爱你，老婆……"

"老婆我爱你……老婆……嘘……"老赵把手堵在听筒上，细声说，"嘘……老婆，告诉你，我在哈萨克斯坦……"

电话断了，老赵把手机揣回兜里，端起纸杯，从离嘴很远的地方往下倒。

天降黑了，当血潮怡然归返老爹的心窝，枣红马驮着老爹往沙雷比留克方向走。老爹手拉缰绳，几次险些落马。见到潺潺流水，老爹翻身下马，半只脑袋插进河里饮水。枣红马在一旁呼着气，鬃毛披垂。

过了一月，翻译的老爹死了。人们说他喝了不净的河水。等来悼念的人散了，老赵撬开酒瓶盖子往翻译嘴里灌。临到昏沉，老赵把酒瓶一甩。红着眼冲翻译勾动两下手指，"走啊。"

摩托车在漫长空荡的窄细土路上走，每逢拐弯就轧上碎裂的石块而歪倒在地。大山嵌满海洋生物化石，挺直严肃，相邻的山头紧紧夹住腾空扭转的云彩。开上一块空地，老赵抬头指着半空笑："哎，你看。"

一道峭崖在前方不远处。一对粗壮的长角凸现在崖头的薄雾里，一头毛色如同耗子的狼离它五米站着。大头羊甩出蹄子飞起向前一头栽下，贴着崖壁摔了几个滚"嘭"地落地。

那匹狼走到崖头边上，停住俯瞰许久。

老赵和翻译跳起来往这只北山羊着地的地方跑，可已经看不见它。

之后几天，老赵带着翻译跑了好几座山头。翻译常在感觉不太好的时候拽住老赵，老赵就会甩开他大步朝前走，兵团后人的坚硬嗓音混杂着风沙声："一颗子弹一块六毛八，就算给你一千发，该牺牲的不都得牺牲？"

"人都得死么。"他越说越像提上裤子拉拉链，"都是每秒三十八点六毫升的鲜血往外蹦，蹦十二秒熄火。对不对？"

七八天的时间，老赵和他四处借宿、往人迹罕至的地方跑。两人在一个洞穴发现类似绘有岩画的石壁，上面有笔触如火柴棍粗细的荧黄图案。招待他俩的多是山里的牧民，听老赵说客气话，就揽过他的膀子来说："朋友，谁出门带着自家房子呢？"

时至分手，老赵弄到一只角上带伤的盘羊头、三颗狼牙，翻译两手空空。之后老赵揣着钱回博乐市结婚。翻译没跟去。翻译把家里的牲畜托付给附近边防连队，跑去了阿拉山口。在那边，他常和哈方军人做生意，大到家用电器小到蔬菜鸡蛋。把不值十斤土鸡蛋的国产杂牌子母机卖到一百多美元。那边的小老板们笑他是专门"哈"哈萨的哈萨。

那个贸易站地处中国最大的风口，他眼见狂风把一截车厢从乌兰达布森检查站吹到了艾比湖的避风处，跑了四点三八公里。六个小朋友在放学回家的路上被刮跑了，过了一天才被人从芨芨林里一块大铁皮底下找出来，所幸都活着，好过阿拉山口连队炊事班那六只闲逛时被吹到墙上摔成肉糊的鸡。有时牧民赶着骆驼回家，突然大风急掣，沙石惶奔飞曳，惊得骆驼四处瞎转。牧民眼见有的骆驼往哈萨克斯坦的德鲁日巴镇跑，吓得连连大声吆喝岗哨上的连队战士过来赶骆驼。一回，一辆尼桑小车停到他商店门口，他看见了，正要出门时一阵狂风撵过来，那小车刚打开的右侧车门瞬间飞出去，像把菜刀横砍进前面一家汉语名为"温暖清静世界"的理发店招牌上，没坚持几秒，连带着玫红色的广告板一块儿咣啷落地。

夜里，他和当地的小老板们打打牌、喝点酒，有时去卡拉歌房玩一夜，第二日晌午，从昼夜亮着粉色暖光的按摩室里醒来。

偶尔和老赵通个电话，他知道陪了一年父母老婆，老赵回温泉继续干活了。翻译总兴冲冲地说又卖了什么、开车去了哪。等他开口问老赵在哪里，老赵回答，房子里。什么房子？屋子。干什么？坐着。坐着干什么？不干什么，就是坐着。

不忙的时候回来看看。老赵说。

一天，翻译在旱厕方便时进来一股掀风，尿像一巴掌打过来。他拉起裤子，扒着墙将头探出去看，方才发觉之前是被尿糊住了脑子，一直没看见这里的树和他的心一样，已向着温泉方向过分倾斜。

夜里，没有亮灯，窗帘紧闭。老赵半醒着偎进沙发，脚跟沉入茶几，双手十指交扣放在小腹上。屁股好像还在浪里颠着。都怪马骑得太久。昨夜他把脚泡进硝酸益康唑溶液，今天破了皮流清水。踩住马镫的时候完全麻木没知觉，现在才疼。一瓶"赛里木"在他脚边微亮。要不要喝？

耳眼里有一根金属丝的颤鸣声，仿佛有人拉电锯没完没了。很久之前，他发觉自己心上有个洞。他和朋友们从博乐开车去伊犁，刚到赛里木湖边上，他就觉得没有一点意思。

漆黑的夜，飓风搅起深邃的激浪，他在即将飘离飞升的毡房里胡吃海塞，摸到了自己或身下某个人的眼泪。

他已到了收女人不如收把野韭菜的年纪，他不需要谁，也不被需要。为了生存，必须身处社会，劳心动脑，必须生孩子，造房屋。赚了钱，成把的情影在门外晃，搞得他心烦胃也疼。老婆偶尔冲他哭闹，问你在哪里。他就回答，房子里。不管在家还是洗浴会所、朋友家，他没说谎，确实是在房子里。

双脚微麻，他收回腿放下。双手摁在膝上，脊背弓曲，陷进沙发靠垫。他慢悠悠地转动脖颈，慢悠悠地，把幻象拖曳得长长的，绕成一匝。按一个喇嘛给他说的，他的心会越来越紧，到最后缩成一块铁砣。远非"一炮到天亮"一类药物能治的。过会儿，他神情恍惚地昂起头，环顾黑夜，舔两下嘴唇。起身在屋里来回转悠。

他拖开木椅，上身伏在餐桌上，拆掉家里两盏台灯。搬来一只北山羊头，拿两只拖拉着线的电灯泡，一边一个塞在羊眼睛的窟窿里，再合并两根线路。"啪"，灯光像睡婴睁开双眼。他趴在一旁，开、关。开、关。

生个孩子会好吗？

"他养过这——么大的黑狗"，翻译坐直身子，耸着肩膀，向我张开双臂比画。老赵躺在他腿边，头枕着胳膊。睡梦中腰腹抽动。

有年冬天，老赵翻过三座达坂去一户蒙古人家找酒喝，刚在他家门口下车,就见三条看门狗直扑过来。老赵的狗跳上去,脖子霎时被扯开一条口子。老赵发疯地抄起挂在栅栏上的铝盆,冲过去朝那三条狗头上猛扣。

把"琵琶"抱到家里床上,他跑去买最好的肉炖烂,在蒜臼里捣成肉糊糊喂她。过了半月,翻译叫他带琵琶一起上山转转,他说不行,她伤还没好利索,不能让她跟着跑。琵琶见他不带自己出门,在笼子里又抓又刨,嚎着啃咬笼子。老赵只得抽出一根背包绳给她捆住,在笼子外头又加套了把锁。

他俩在山上瞎转,满目棉被似的积雪。翻译突然停住,指着前面一个小灰点说,哎,那是狐狸么?

老赵说应该不是。翻译叫起来,不会是那个啥吧?他说就是的。

他俩悄悄上前,它转身就跑,极像打火机"叭"地蹿出来的寸长火苗。两人同时停下来不追了,可它没跑多远就一头卡进旱獭洞,露出半截身子。他们拿麻袋套住它。扎死麻袋口,拎起来悠了几圈。提着麻袋往回走时路过附近牧民家,毛色杂乱的守门土狗还隔着老远就玩命地跑开了。

老赵跨进家门。顾不上找钥匙,铁钳撬开笼子,抓出狗往麻袋里塞。说想看看一只猫科动物能有多狠。 琵琶被从笼子里抓出来时已又拉又尿，惊恐绝望。紧扒在麻袋口上的前腿抖得像两条触上低压电网的鱼楞子。翻译目瞪口呆。

"十秒。"翻译呓语，看了一眼老赵的腿肚子。袋子里一点声音都没有。等他把它拖出来，那条狗已经完了。

老赵把狗提到一边，叫翻译再把路上捉住的松鼠也扔进麻袋试试。

"牲口吗你是？！"翻译一脚踹翻空狗笼子。笼子滚了两动，停在老赵腿侧。他抬起头盯着翻译，默笑，不作声。

翻译给松鼠起名叫"张"，把它赶进垫着报纸的纸箱，放在贮藏室的角落。嗅不到人味儿，张从纸箱里跑出来，一会儿拼命拱墙角，一会儿又摁住一块纸壳使劲啃。听见门响，张又溜回纸箱子，缩成小团。翻译觉得太——可笑了哎，要是害怕被捉住，它应该往箱子外面跑不是么？

他把张一遇危险就往纸箱里跑讲给老赵，老赵说，那是它家，碰到事情它当然要回去了。

后来张的精神越来越不好，翻译只得放它回树林。一个中午，翻译把货发去三家草原商店回到家。隔着老远，他看见张回来了。它费力地爬进从车屁股扔出来的空啤酒箱，等翻译端着一盘青菜跑出来，它已经死了。

　　冬天，老赵弄来两身迷彩棉服和翻译一人一套上山赶马。半山腰上，老赵说要和翻译比赛，看谁能推着一个雪球爬上山顶。翻译笑他找死，老赵自己一个人推雪球，过会儿就回过头朝翻译得意地笑笑。爬到半山，雪球已快和老赵一般高，他突然手没撑住，重心一歪，人被雪球裹住往山下滚，"嘭"地撞在一棵云杉上，老赵刚冒出来的脑袋又被树上震下来的雪埋掉了。翻译跑过去扒雪，扒着扒着被老赵一把揪住胳膊。

　　"我日你妈！眼珠子差点被你抠出来！"老赵爬出雪里。

　　俩人找到了马，即刻返身。走到一个相对空旷的山坡前，老赵从口袋里掏出两只大尿素袋子，蹲下往袋子里填雪。填满了，俩人坐在鼓胀的雪袋子上一路向下冲，风从北边吹来，洗去了植物释放的香气和雪花的清甜，空气里又飘下一层薄薄的雪。

　　天气稍好一点，俩人去爬桦树。坐到树杈上耐着性子割树皮，回家之后在火上一烤，从树皮的内壁揭下一层薄膜。比和田纸更有韧性，还不刮墨。翻译在纸上抄经，折成符，别进老赵车里的后视镜。老赵在纸上画女儿的脸。左一个屁股，右一个苹果。已经抱上孩子了，然后呢？

天暖了，老赵远远地躲开晒不干的尿布、全疆河流分布图状的妊娠纹，不是在温泉做广告牌，就是在边境帮连队跑车。和老婆每天拿起电话吵一架，有时吵疲了百无聊赖地躺在沙发上，频道放在某个卫视，一整天瞪着眼。某日，山上融化的雪水冲宽河道，翻译的几只小羊在渡河时被冲走。老赵立即说他要来架座小铁桥。翻译说这冰水会把他搞出毛病来，他极度不屑地哼了一声。

浪花飞快响亮地纵身奔流，老赵敏捷地踩进石头缝，大手紧拉住绑在一根铁架上的绳子。焊到第三根铁架，他在兜里摸电话时松开了绳子。河水却没有松劲，透明的马鞍、浮动的缰绳，驾驭着涌动的脊背向前。翻译跑过去把他从水里扶出来。鲜血从老赵左边裤腿流出来，几颗碎石子磕进了他额头，左侧腮帮子青了一块，整个人从头到脚嘀答水，像个牛嚼不烂就吐出来的破塑料袋。

翻译搀着老赵进到屋里，老赵脱了衣服盘腿坐在炕上，腰部肥厚的肉淤出束仕皮带。翻译拿了干毛巾让他擦，他拿毛巾捂住头来回猛甩，又仰头做打哈欠的动作，可还是有水在脑子里嗡嗡响。他索性扔了毛巾，闭上眼坐着，过会儿，头发像新鲜牛粪冒起烟。

翻译坐到他旁边，拉着他耳廓的软骨往里看，耳眼里有亮晶晶的光在动。

"痒，痒！"老赵去打翻译的手。

"你再憋一哈气，捏住鼻子试一哈。"

老赵深吸了一口气憋着不动，眼前是黑的，翻译的声音搅在水泡里，好像从一只空酒桶里传出来。

果然又有一点水流出耳眼。

老赵在炕上发出微响的鼻鼾。屋内金色的阳光里，两只燕子紧贴着墙壁回绕盘旋。炉子上的水壶喷出雪白的雾气，灶里的焖肉逸出浓香。翻译打着哈欠伸懒腰时往老赵去年修的烟囱口里看了一眼，发现好些日子之前以为被风刮跑了的底裤原来是被燕子叼进去做了窝。

老赵没发觉自己睡着了，他被眼前童稚的阳光熏着，浑身冷飕飕。幼时在团场生活，父母外出卖货，他独守十几亩枣林。人丁如芒刺插立。他从棚屋里望向田野，不安门窗的大地空得不着边际。星光像摇篮，大地像墓场。没有一样可期的对象。他这会儿听见翻译坐在一旁哼歌，也可以对接他的目光。他翻了个身，另一侧炕褥湿冷。一股苦水霸住舌根。

过后不久，翻译卖掉家里的牛羊和马匹，常年待在温泉县城替一个哈族朋友打理歌厅生意。经营歌厅这段时间，翻译又顾场子，又陪着老赵进山，把命奔薄了一层。有熟客推荐他考政府机关搞人事，他问对方难道没听过一句哈萨克谚语"四条腿的牲口好管，两条腿的人难管"。爱做媒的大姐拉拢他成家，他一笑置之。

在北疆很多地方都能看见政府修葺的成片安置房，房身小巧玲珑，墙体贴着莹莹闪亮的白瓷砖，屋顶盖着湖蓝或柠檬绿的陶瓷瓦片。当地干部常进山挨家挨户地动员牧民们搬出大山，免得大家冬天不是被冻死就是被酒精毒死。之后牧民们会收拾上简单的行李跟随干部们下山。等过不久干部去送慰问品的时候，就发现牧民们早已不知去向。

翻译的心不在那些地方，像祖祖辈辈的牧民难以对安置房动心。年底，翻译接替自己过世的老爹，在连队会议室宣读了护边员职责手册。每月几百元的酬劳是小事，他重新摸到了和卡昝河这个地方连着的筋。

天将黑时老赵才醒，他睡得大汗淋漓，浑身骨节吱嘎作响。我和翻译聊得头疼脑热，膀胱胀痛，谁也不愿再提萨吾提和什么听阿肯的事。

我们三人告别女主人爬上车子。发动车子时，女主人在车窗前对我说了句什么，翻译说，她问你什么时候再来。

"哎，老赵，你还没讲那歌的故事……"我拍拍他。

"故事……"老赵耷拉着头咕咕哝哝，"什么故事，没什么故事……"

太阳依然悬挂空中，以大路为界，右侧天空浮着一线浩荡白云，仙人骑着大象，前方是指路的佛手。河水上游岸边，马匹和它投下的影子像被朝左扳倒的"B"，远远望去，半侧草坡缀满脏字。刚开出几百米，老赵嚷着要他在路边一户牧民家跟前停车。

老赵跳下车，跑去爬上那家的羊粪垛。右手搭在额前，眯眼远望。

温度降下来，车子在大风里摇晃得吱咔作响。翻译闭着眼紧靠座背，嘴唇发紫。

另一侧窗外，几道绵延不绝的铁丝网紧束视线，敖包上插着一把铜纸戟，散落周身的绿色啤酒瓶碎片迸出辛辣泪汁。

对面群山皱褶如虎皮，身后雪山的坳垭里涌出凝乳状白烟。霜雾将冉冉上升，很快蜿蜒流淌至此，降下细雨霏雪。

前方一个骑马的牧民跃出来，之后两个、三个……十一个马背上的牧民出现在离车五十米远的空地上，围住那户人家的门。

屋门打开，一个上了岁数的胖女人甩出来一只小羊。马蹄、尘土、羊、俯身吊在马匹身侧的牧民在暮色里搅成一团霾雾。有人不断地摔下马去，再吹着口哨爬上马冲入抢圈。

老赵跑过来打开翻译一侧车门，气喘吁吁地说："你帮我过去搞匹马。"

"你要去叼羊？"

"对。"他快活而急促地回答。

"你去干什么？！"翻译叫起来，"你怎么可能抢过他们？！"

"玩一玩。"

"我快——快地开，我们去温泉吃大盘羊肉。"翻译手搭在他肩膀上，安慰似的说，"那只羊不属于你。"

"这不是羊的事。"他笑。

车子循着旷野上的淡淡辙印摇晃前行，崩裂的碎石接连在车身打出脆响，预示接下来好运连连。牛群如粘在儿童塑料垫板上的剪纸。云彩成群结队地爬行而过，转瞬即变。

翻译按下播放键，细柔娇媚的男声唱道："爱情是伤感的，眼泪为你流成黄河水……"

"就是的……"老赵双手使劲揉搓冻得发硬的脸颊喃喃地说，"是，啥都跟酒一样，伤肝的。"

车子终于跃上大路，不见一片叶，不见一只鸟。东方的乌云像车轮旋转，湿润的大地即将爆发冰雪、飓风、群星的焰火。

跋

　　作为一名军人，我怀有走遍祖国边防一线的职业情结。年轻时多次前往西藏高原及云南少数民族地区，曾有几篇小说散文问世，正是得益边防部队生活体验的积累。后又多次到过福建、广东与沿海以及寒冷的东北边境。遗憾的是至今未曾去过新疆，未曾到过红其拉甫。

　　因此，拿到董夏青青的小说集书稿《科恰里特山下》，未及阅读，那种期待已久的亲切感油然而生。果然如此，初次与书中那些新疆戍边军人相识，似乎彼此已经十分熟悉。作者描述北部边陲所特有的自然景色，寥寥数语间，如一缕清澈的光韵在流淌，令读者神往，久久在品味着。观察这里的各种人、动物相互亲近、拥抱、推搡、摩擦，也让人会心地一笑，感受到那片静谧的土地上春意盎然生机勃发。

　　我倒也并不那样绝望，相信仍然有机会亲眼得见世界上
最大的独立纬向山系——神话般的天山主峰。当我游走在辽
阔无边前路漫漫的南疆北疆，游走在"十里桃花万里柳"的
塔里木河、伊犁河谷，自会以董夏青青小说一一对照，寻找
我对书中片片段段的记忆。这本书稿仿如一张从新疆寄来的
明信片，印着当地某个小县城的夜景。我不会忘记，"街上的
灯桩亮了。蓝紫、玫红、鹅黄的色块间隔伫立，满树梅花形
小灯晶莹璀璨。"霓虹的光影投映在地上，街头巷尾传来的笑
闹中夹杂着声声叹息，空气里尘沙的腥味挥散不去……

徐怀中